美丽与哀愁

[日] 川端康成 著

后浪 插图版

叶宗敏 译

四川人民出版社

目 录

除夕钟声	1
早春	25
满月祭	57
梅雨天	80
点景石·枯山水	100
火中莲	122
千丝发	155
苦夏	194
湖水	218

除夕钟声

在东海道线"鸽子号"特快列车的观景车厢中,沿着一侧的窗边排列着五把转椅。大木年雄发现,在这五把椅子中,只有尽头的那一把随着车身的震动独自静静地回转。发现这一点之后,他的目光便再也无法移开。他所坐着的这一侧的低扶手椅子都是静止的,当然,这些椅子不能转动。

观景车厢中唯有大木一人。大木躺靠在扶手椅中,凝视着对面的那把回旋的转椅。它并非朝固定的方向以固定的速度转动,而是时快时慢,时而静止不动,而且有时还反转。然而,独坐在别无他人的车厢,望着面前转椅中的一把独自旋转,倒诱发出大木内心的寂寞感,晃荡出种种追思。

岁暮的二十九日,大木要去京都听除夕钟声。

大木在大年夜听收音机中除夕钟声的习惯已持续好几年了。这个广播节目是从几年前开播的,自那以后,恐怕他就没有漏听过一次。广播中播出日本各地古寺名钟的钟声，同时加入播音员的解说。就在这样的广播中，旧岁辞去，新年到来，故而播音员的话语也常用词藻华丽的文体，伴以不胜感叹的语调。在节奏悠缓沉稳的连续撞击下，古老梵钟[1]的声音及其袅袅回响，令人感受到时光的流逝和古老日本的空寂风雅。大都是北国寺庙的钟声首先响起，接着便传来九州的钟声，而不管哪年的除夕，都会在京都各寺院的钟声中结束。京都的寺院也多，有时收音机里会同时传出几处寺钟交相争鸣的声音。

播放除夕钟声的时刻，妻子及女儿都在辛勤地忙碌着，不是在厨房操办新年的饭菜，就是收拾东西、整理衣装，或者插花，但大木却总是坐在起居室里听收音机。随着除夕的钟声，大木便不由得回顾已逝的这一年。他会兴起无限的感慨。那感慨因年而异，既有激昂之时，也有苦闷之日。有时还受到悔恨或悲哀的煎熬。即使播音员的言辞或语调的感伤也有令他厌烦的时候，但钟声却浸入他的心胸回荡。他很早很早就有一个心愿，就是有朝一日去趟京都，在那里过除夕，不通过收音机，而是亲耳现场聆听众多古寺的除夕钟声。

就在这一年的年末，他忽然下定决心要到京都去。当然，他也另有图谋：与久违的住在京都的上野音子会晤，争取一起聆听除夕钟声。音子自从迁居京都之后，几乎与

---

[1] 梵钟，佛寺中的大钟。

大木断绝了音讯，但作为日本画的画家，近来异军突起，如今似乎仍过着单身生活。

由于是心血来潮之举，而且大木又无事先定下日期预购好特快车票的习惯，所以，他没有快车票便从横滨车站登上了"鸽子号"的观景车厢。临近年末，东海道线乘客会很多，但他觉得这观景车厢的老乘务员都是熟人，总能帮他找到座位吧。

"鸽子号"下行是午后从东京出发，途经横滨，于傍晚抵达京都，上行也是下午从大阪启程，经停京都，这对于习惯早上睡懒觉的大木来说是再好不过了，因此，往来京都也总是乘坐这班"鸽子号"。大木对二等车厢（车厢分头等、二等、三等时的二等车）上的女乘务员们，也大都熟悉。

上了车一看，没想到二等车厢也这么空。也许年末的二十九日这一天，是乘客稀少的日子，到了三十、三十一日又会拥挤起来吧。

大木一直凝望着旋转椅中在自动旋转的那一把，不知不觉沉浸在了有关"命运"的思绪中。此时此刻，老乘务员送来了煎茶。

"就我一个人？"大木问。

"嗯，有五六位吧。"

"元旦挤不挤？"

"不挤，元旦空着呢。您是元旦回去吗？"

"是的，元旦不回去的话……"

"那我就照此先联系好。元旦我不当班，但……"

"拜托你了。"

老乘务员走后，大木环视四周，发现在尽头的那把扶手椅下面，放着两个白色的皮提包。那皮包是新款式，呈较薄的正方形。白色皮革上面带有淡褐色花斑，是日本不易见到的高档品。座椅上还放着豹皮的大型手提包。物主大概是个美国人吧，看样子人到餐车去了。

车窗的外面，杂木林在温暖的浓浓雾霭中飞驰而过。雾霭上面那遥远的白云间，泛着微光。那微光仿佛是从地面映射上去的。然而，随着火车的奔驰，天空也放晴了。阳光射进车窗，一直铺洒到深处的地板上。列车一通过松山旁边，就见满地都是凋零的松针。有一片竹丛的竹叶已经泛黄了。幽暗的海岬处，光闪闪的波涛不断拍打过来。

当列车经过沼津而能遥见富士山时，从餐车回来的两对美国中年夫妇便站在窗口不停地拍照。然而，当终于来到富士山麓，整座山的容姿全都呈现在眼前时，他们似乎拍累了，反而转身背向车窗。

冬季的落日总是捷足先登，某处的河流闪烁出银灰色的波光，大木目送着那一抹沉滞的光芒，当他抬起脸时，正好与西沉的太阳打了个照面。少顷，从乌云中的弓形隙缝间，凄凉地泄出白色的残光，久久不见消逝。车厢内早已亮了灯，不知怎的，那一排转椅一齐转了半圈。不过，一直连续不停旋转着的，仍然只有尽头的那一把。

大木一到京都，便直奔京都饭店。他觉得音子也许会来旅馆，所以希望入住比较安静的房间。他乘电梯上楼，好像已经上了六七层楼高，可由于这家饭店是建在东山的陡坡上，所以沿着长廊一直走到尽头时，竟然是一楼。沿着这条走廊排列的每一个房间仿佛都没有房客，静悄悄的。想不到的是，过了十点钟，两边的房间便突然传出外国人的喧闹声。大木询问了值班的侍者。

"是两家人，小孩子加起来有十二个。"侍者回答。

这十二个孩子不光在房间里高声说话，而且还到彼此的房间来回乱窜，跑到走廊上嬉戏欢闹。明明有这么多空房间，为什么偏偏要夹击大木的房间，让这样吵闹的客人住在左右呢？大木一开始没当回事，以为小孩子总归会睡觉吧，但在旅行中的孩子们兴头十足，怎么也安静不下来。尤其是孩子们在走廊上的跑动声十分刺耳，大木便从床上爬了起来。

随后，这两边房间不停传来的外语骚闹，反而使大木感到孤寂。"鸽子号"观景车厢上那把唯一旋转着的转椅，又浮现在他的脑海里。大木油然感到自己在观望时的那种孤独，仍在心中默然旋转。

大木又重新思忖起来：原本这次是为了听除夕钟声以及会晤上野音子才来到京都的，但会见音子与除夕钟声，究竟何者为主要目的、何者为次要目的呢？可以肯定的是除夕钟声确乎能够听到,而与音子能否会晤则难以断定。难道那件能确定的事情只不过是一种借口,而不能确定的才是心底的企望——大木是为了与音子一起聆听除夕钟声才来到京都的。他原以为能轻而易举地得遂所愿,才动身前来的。不过,大木与音子之间已经长年累月渺无音讯了。音子好像至今仍孑然一身,但话又说回来,她愿不愿与昔日情人会面,肯不肯应约而来,大木确实不得而知。

"不,她该是——"大木嘟囔一句。他不晓得"她"有了何种变化,以及她现在的状况。

音子当是寄宿于寺院的厢房,与女弟子一起生活的。大木曾看到一本美术杂志上刊登的照片,觉得那座厢房的规模绝非只有一间两间,而是俨然一户像模像样的人家,作为画室的屋子好像也相当宽敞,庭园古朴雅致。照片中音子是正在作画的姿态,所以略微俯首,但只需看从额头到鼻梁的线条,就可以断定绝对是她。她毫无中年发福之相,神态温善高雅。这张照片率先使大木的自责感袭上了心头——是自己从这位女子的生命中,夺去了她为人妻子、为人母亲的权利,这比对昔日的回忆来得更快。当然,在所有看到杂志中这张照片的人里,唯有大木一个人会有这种感觉。在一般与音子无深交的人们眼中,她也许只是一位迁居京都、变得像京都一样美丽的女画家罢了。

二十九日的晚上就这样过了,大木打算在第二天的三十日再给音子打个电话或前往其住处造访。然而,清晨被外国小孩吵醒而起床后,他又有点胆怯而犹豫起来,便想先寄给她一封快信。然而当他对着桌子坐下来时,却为如何下笔而迷茫起来。看着客房里备好的便笺仍是一片空白,大木觉得即使不见音子也好,独自一人听过除夕钟声便回去也未尝不可。

大木一大早就被两边房间里的外国小孩吵醒,等那两家外国人出门之后,又躺回去睡了个回笼觉。起床时已将近十一点了。

大木慢慢地系着领带,想起了往昔的一幕情景,当时音子曾对他说:

"我给你系,让我来系嘛……"

这是一位十六岁的少女被夺走了贞洁之后说的第一句话。大木什么也没说。他无话可言。尽管他温柔地搂着她的后背,爱抚她的秀发,但仍然沉默无语。音子从他的臂膀中抽出身来,率先穿好了衣服。她默默地仰视着大木站起身,穿上衬衫,着手系领带。她的双眼水汪汪的,然而那不是泪水,而是心灵之窗在闪耀着光芒。大木避开了她的目光。刚才接吻时,音子也是一直睁着眼的,所以大木将嘴唇贴向她的眼睑,使其闭合。

音子那句"我给你系领带"的声音饱含着少女娇美的风情。大木终于如释重负。这完全是意想不到的事。也许这是音子为了逃避正视自己此刻的所作所为,而非宽恕了大木的表示。她摆弄领带的动作十分轻柔。然而,好像她系得并不好。

"你会不会系?"大木说。

"我想我会的,因为我曾看过爸爸如何系领带。"

——音子父亲在她十二岁那年便去世了。

大木在椅子上坐下来,把音子抱上膝头,再抬高自己的下巴,让她方便系上领带。音子微微挺着胸脯,有两三回系了一半又解开。

"啊!宝宝,好了。这样可以吗?"

说罢,她从膝部滑下来,将手指搭在大木的右肩上,欣赏着领带。大木站起来,走到了镜子前面。

领带系得很漂亮。大木用手掌使劲地擦拭微泛油腻的脸。他不忍看到自己侵犯了少女之后的脸。少女的面容移进了镜子。一种清新而又可爱的美,刺痛着大木。大木被在这种场合难得出现的美丽震惊,他一回头,少女就把一只手搭在他的肩上,说了一句话。

"我喜欢你。"便将脸庞轻轻地贴向大木的胸膛。

十六岁的少女称呼三十一岁的男人为"宝宝",对大木来说,这太不可思议了。

——此后过了二十四年。大木现已五十五岁,音子也该有四十岁了。

大木进了浴室,打开房间备有的收音机,广播里说今天早上京都已经结了薄冰,并预报今年是暖冬,新年也将是暖和的天气。

大木在房间随便吃了点吐司,喝了杯咖啡后,便乘车出去了。今天还是下不了决心去见音子,又没有非得要去的地方,所以他决定到岚山[1]那边去转转。在车上可以看到,从北山到西山是一连串低矮的山陵,有的迎着阳光,有的被阴影覆盖,山姿虽然柔和圆润,却尽显京都冬天特有的冷峭苍寂。即使是朝阳的山峦,光色也十分黯弱,仿佛将近黄昏一般。大木在渡月桥前下了车,但没有过桥,而登上了从这边河岸通往龟山公园的山麓坡道。

从春至秋一直游人如织、热闹非凡的岚山,到了岁末的三十日却了无人踪,情景与平时完全不同。岚山以其原貌容姿寂静地耸立在那里,潭水碧绿清澈。木筏上的木材正从河床往卡车上装载,那声响一直回荡至远方。面朝河岸的这侧,即人们所看到的岚山,可能是山的正面吧!然而现在它正背着太阳,山影斜映在河面上,阳光只能从那座山肩斜照下来。

大木打算独自在岚山安闲地享受一顿午餐。这里有两家他以前来过的小菜馆,但离渡月桥较近的那家已关门休业了。在岁末的三十日,应该不会有特意前来岚山的游客吧!大木边走边思忖,河上游那家风味古朴的小店是否也不会开张?其实他也不是非得在岚山吃饭不可。登上苍老

---

[1] 岚山,位于日本京都西部,濒临保津川。海拔382米,以樱花和枫叶闻名。

的石阶，一位年轻女佣使他吃了闭门羹。她说：

"店里的人全都到京都市里去了。"

还是几年前吧，在竹笋上市的季节，他曾来到这家小店品尝鲣鱼干炖笋圈。大木姑且下到河岸上，在通往隔壁另一家店的平缓石阶上，看见一位扫枫叶的老婆婆。在他询问老婆婆时，老婆婆答道："店大概开着吧！"大木在老婆婆身旁止步站住，感叹道："这里真安静啊！"

老婆婆即刻应和着说：

"对岸的话语声也能清清楚楚地传过来呢！"

遮蔽于山腰树林间的那家菜馆，屋顶上铺着厚厚的茅草，又潮湿又陈旧，大门口有些昏暗。其实这大门倒也不是什么地道的大门。竹丛径直向门前蔓延。茅草屋顶的对面，耸立着四五棵挺拔的红松。大木被引导至屋里，好像来到了无人之境。玻璃拉门前，珊瑚树结出了红色的果实。大木看到了一朵早开的杜鹃花。珊瑚树、竹子与红松遮住了河流的景观，但从叶缝间可以窥见的深潭，却清澈得像琅玕翡翠，碧澈晶莹。那水纹丝不动。岚山一带也静如止水，安然不动。

大木双肘支撑在炭火正旺的被炉上。这时传来了小鸟的鸣叫声。卡车装木材的声音在山谷间回荡。不知是出隧道还是进隧道，山阴的汽笛声也萦绕在山间，留下凄凉的余韵。大木想起胎儿出世时的纤细哭声——那是十七岁的音子怀的大木的孩子，八个月便早产夭折了，是个女婴。

婴儿看来已经无救了,就没有抱到音子身边。孩子死时,医生只交代说:

"最好等产妇情绪稍微平稳后再告诉她。"

音子的母亲对大木说:

"大木先生,还是由你来告诉她吧。我女儿还是个那么年幼的孩子,她勉强生产,太可怜啦!只怕我没开口就先哭起来。"

音子的母亲对大木的气愤和怨恨,均因女儿的分娩而暂时压抑下来。尽管大木是个有妻室的人,但既然音子要生出这个孩子,这个只有独女的单亲母亲也就失去了责备对方、埋怨对方的力气。似乎比任性的音子更刚强的母亲,好像突然之间也支撑不住了。瞒着世人偷偷分娩,生下的孩子该怎么处理,母亲岂不是非得依赖大木吗?更何况因怀孕而性情急躁不安的音子,只要母亲一开口说大木的不是,她便以死来威胁。

大木一回到病房,音子便向他投来产妇安详温柔的澄澈目光,但在顷刻之间,她的双眼却涌出了大颗的泪珠,沿着眼角滑落,濡湿了枕头。大木感觉她意识到了。音子的泪水喷涌而出,淌个不停。泪水流成两三条,有一条都快流进耳眼里了,大木慌忙伸手想揩掉它。音子抓住他那只手,开始抽抽搭搭地哭了起来。随后宛如决堤洪水似的,哭得呼天抢地。

"死掉了吗?宝宝,死掉啦!死了。"

音子痛心地扭动胸脯，伤心得血泪交织。为了不让她继续扭胸，大木紧紧地搂住了音子。大木的胳膊感觉到，尽管那少女的小乳房不大，却鼓胀起来了。

母亲此时进了房间，大概她一直在门外窥视着室内的动静。

"音子，音子！"她叫着。

大木毫不顾忌音子的母亲，依然搂着音子的胸脯。

"好难受，放开我……"音子说。

"你能安静下来吗？能别乱动吗？"

"我不乱动。"

大木一松开手臂，音子又耸动着肩膀喘了口粗气，新的眼泪再度夺眶而出。

"妈妈，要火化吧？"

"……"

"这么小就……"

"……"

"妈妈以前说过吧，我刚生下来的时候，长着乌黑乌黑的头发。"

"是的，乌黑乌黑的。"

"婴儿也长着乌黑乌黑的头发？妈妈，帮我剪些婴儿的头发留下来好吗？"

"唉，音子……"母亲感到很为难，接着劝道，"音子，很快又会有的。"这样脱口说出之后，音子的母亲像要收回这句话似的转过愁苦的脸。

母亲，甚至大木，不是都暗自希望那个孩子不要见天日吗？音子是被送到东京关厢的一家简陋的产科医院分娩的。如果到家好医院请医生尽一切办法施救，或许能挽救这婴儿的生命。大木一想到此，就觉得心痛如绞。带音子来医院的只有大木一人。音子的母亲竟然没有同来。医生是个一副酒鬼相的小老头。年轻的护士以责备的眼光望着大木。音子穿着红色的平纹粗绸套装，连肩膀上的褶缝都忘了拆掉。

——那头发乌黑乌黑、不足月的婴儿面容，在二十三年后的岚山，竟清晰地浮现在大木眼前，那孩子犹如隐藏在冬天的枯木林中，沉潜在碧绿的深水潭里。大木拍掌唤来女侍者。大木一开始就明白，今天店里好像没有接待客人的准备，所以待到饭菜上来需要较长时间。到餐厅来的女侍者，似乎打算消磨时光，换上热茶之后，也坐了下来。

东拉西扯的闲聊之中，女侍者还讲了一个男子被狐狸迷住的故事。那个男子在拂晓时一边哗啦哗啦蹚着河水走，一边叫着："快淹死了，救命呀！快淹死了，救命呀！"在他继续呼喊的时候，被人发现了。渡月桥下的水很浅，本可以轻而易举地登上岸，可他却在河中兜着圈子转不出来。当他被救出，头脑清醒后叙述说，前一天晚上十点钟左右，他像梦游似的在山中徘徊，不知不觉便下到河里去了。

从厨房里传来呼唤声，女侍者应声而起。先端上了鲫鱼生鱼片，大木悠然小酌。

临走时，大木又一次仰头望了望厚厚的茅草屋顶。大木觉得那着青苔的陈朽茅草倒是别有风情。

"在树底下，一年到头都潮啊！"老板娘说。随后还说这房子是重葺，连十年都不到，才八年便成了这个样子。那茅草屋顶左边的天空上，悬着洁白的弦月。此时是三点半。大木从餐馆往下走，来到河岸的道路上时，眼望着翠鸟掠过水面远远飞去。那羽毛的颜色清晰可见。

大木在渡月桥边叫了车子，打算到仇野[1]去看看。那里有供奉无主孤魂的地藏王像和石塔林，在冬天的黄昏时分，该会品味到什么是世事无常吧。然而，当看到祇王寺入口处竹林的幽暗时，他便叫车子掉转回头了。他决定绕道苔寺再回旅馆。在苔寺的庭园中，只有一对好像是正在新婚旅行的男女。枯黄的松针散落在青苔上，倒映在池中的树影，随着他的脚步而移动。大木朝着夕阳晚照的暗红色东山走去，回到了旅馆。

大木在澡盆里泡了一会儿热水澡，随后在电话簿上寻找上野音子的号码。传来了年轻女子的声音，大概是女弟子吧，但旋即就换成了音子——

---

[1] 仇野，京都嵯峨小仓山山麓一带的总称。现在以存有约8000座无主死者石佛的念佛寺所在地而闻名。

"喂。"

"我是大木。"

"……"

"我是大木,大木年雄。"

"啊,久违了!"音子的口音已是京都腔。

大木省去了不知该从何处说起的难言之语,就像这突如其来的电话一般,用不使对方尴尬的口吻迅速说:

"我想在京都听除夕钟声,就赶过来啦。"

"听除夕钟声……"

"能一起去听吗?"

"……"

"你能跟我一起去听吗?"

"……"

电话中久久没有应答声。音子一定相当惊愕,感到迷茫吧!

"喂喂,喂喂。"大木叫道。

"您一个人来的?"

"是一个人,就一个人。"

音子又沉默了。

"我听过除夕钟声,元旦早上便回去。我是想与你一同听除夕钟声才来的。我也上年纪了。我们已好多年没见面了吧?要不是利用听除夕钟声这种时机,我也难以启齿说要见你,年华似水呀!"

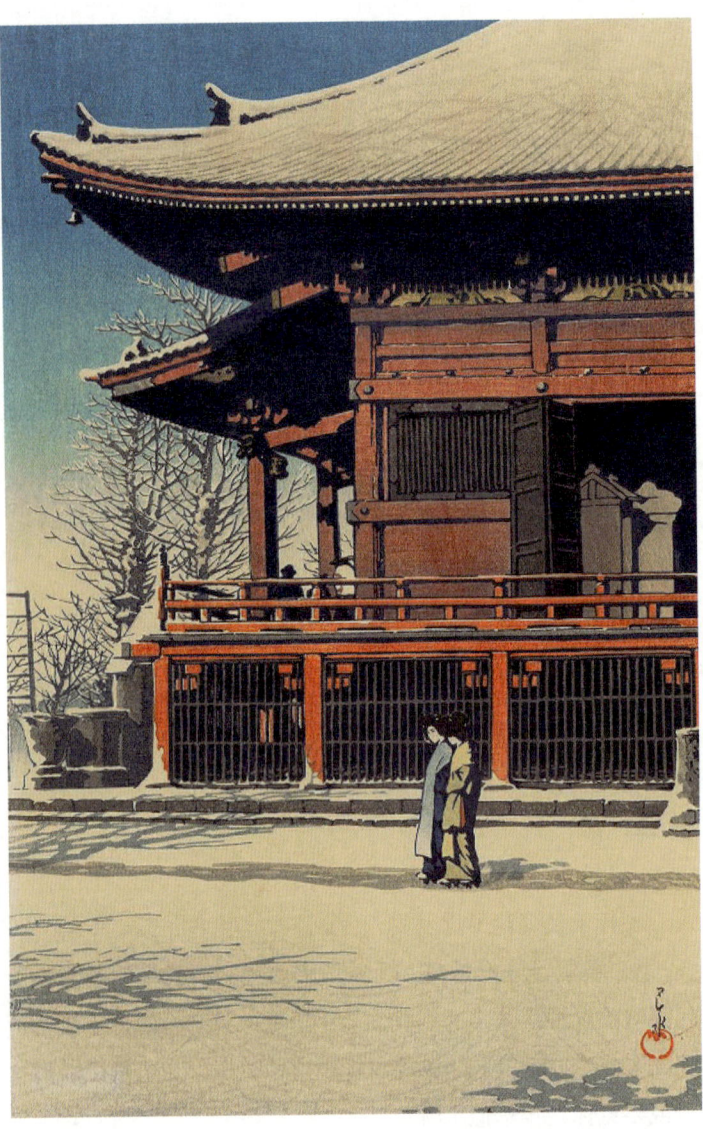

"……"

"明天去接你好吗？"

"不，"音子慌忙说，"还是我来接您吧。八点……早了吧？九点后请您在旅馆里等。我先找个地方订好座位。"

大木原想与音子一起悠然地吃过晚饭后再去听钟，但九点已是晚饭后了。不管怎样，总算音子没有拒绝。遥远记忆中音子的容姿，活生生地向大木贴近。

第二天，他一个人闷在旅馆里从早上一直等到晚上九点，这是一段漫长的时光。一想到今天是年底的三十一号，便愈加感到时间的漫长。大木无所事事。京都虽有几个熟人，但今天是除夕，再说晚上还要与音子一起听钟声，所以他谁也不想见。他不希望让任何人知道自己来到了京都。虽然外面也有值得去的京都风味餐馆，但晚饭还是在旅馆里像吃工作餐那样草草打发了。在这年末的最后一天里，大木满脑子都是对音子的回忆。随着同一回忆的反复浮现，往昔的记忆也越发鲜明起来。二十多年前的旧事，比昨天的事更为栩栩如生，犹在眼前。

大木没有到窗边去站过，所以看不见旅馆下面的街道，但透过窗户可以望见京都市街屋顶那端的西山。那座西山也不算远，与东京相比，京都倒是个精致小巧而祥和的都市。西山呈现出浅淡的金黄色，那上面飘荡着的透明浮云，转眼间变成了冷峭的灰色暮霭。

何谓回忆？如此鲜明记忆中的过去又是什么呢？音子

被母亲带着迁居到京都时，大木就以为与音子从此分别了，而事实也是如此，可是，这难道就是真的断绝吗？大木搅乱了音子的人生，使这个女人一生丧失了为人妻、做人母的权利，因此他一直解脱不了这内心的苦楚。一直未嫁的音子，在漫长的岁月中，又是怎样看待大木的呢？对大木来说，记忆中的音子，是世上独一无二的刚烈女子。时至今日，大木对音子的记忆仍这般鲜明，这岂不是说，音子并未离大木而去吗？虽然大木出生在东京，但对这日落西山、夜灯通明的京都市街，倒有故乡般的感觉。虽然京都可说是日本的故乡，但大木的这种感觉却缘于音子在这里。大木内心平静不下来，便洗了澡，从内衣、衬衫，直到领带统统换了个遍，尔后便在房里踱来踱去，不断地看着镜中自己的容貌，等候着音子。

"上野小姐来接您了。"前厅打来电话时，已超过九点二十多分钟了。

"我马上就下去，请她在大厅稍等一下。"大木回答后，却又自语道："若请她到房间里来岂不更好？"

宽敞的大厅里看不到音子。一位年轻的小姐向大木走过来。

"请问，您是大木先生吗？"

"是的。"

"上野老师让我来接您。"

"啊！"大木尽量装作若无其事的样子说，"实在感谢……"

大木一心以为音子会来接自己，所以此时产生了一种被甩脱的感觉。对音子鲜活的记忆几乎在脑海中萦绕了一整天，但此时似乎混沌了。

乘上那年轻姑娘叫的车子，大木仍沉默不语，良久，才问道：

"你……是上野小姐的弟子吗？"

"是的。"

"与上野小姐两人住在一起吗？"

"嗯，还有位帮忙的阿姨。"

"府上是京都人？"

"我家在东京，但我仰慕上野老师的作品，就主动投奔过来，请她收留我在身边学习。"

大木转头看了看那姑娘。姑娘在旅馆叫他时，他就认可她的美貌，从侧面看，那细长的脖子和耳朵的形状都挺漂亮。她的面容更是如花似玉，简直令人不忍眨眼，而她的言谈举止也温柔娴雅。很明显，她在大木身旁有些拘谨。大木心想，这个女孩是否知道自己和音子的关系呢？他一边思忖那事应是发生在这女孩出生之前，一边贸然问她。

"你总是穿和服吗？"

"不。在家里忙来忙去的，我就穿西裤，不大符合规矩。老师说听到钟声响的时候就是元旦了，所以要我穿上新年的和服。"

说话间姑娘也不那么拘谨了。这姑娘好像不只是到旅馆接他，可能还要一起去听钟声。大木明白了，音子在回避与自己单独接触。

车子开入圆山公园，爬坡径直驶向深处的知恩院[1]。古色古香的外租包间里，除了音子以外还来了两个舞女。这也是大木始料不及的。仅有音子将膝头浅浅放进被炉，两个舞女则在火盆边相对而坐。迎接大木的姑娘走到门口跪下，向音子行礼说：

"我回来了。"

音子从被炉里退出双膝。

"久违啦！"音子对大木说，"我觉得知恩院的钟声比较好听，就选定了来这里。这地方今天也已休假，听说没有什么可待客的……"

"非常感谢，让你费心了。"

大木也只能说这些。因为旁边除了女弟子以外，甚至还有舞女。大木决意不说出能让人嗅出他和音子旧情的话语，也不现出能够让人看出他的隐私的表情。音子昨天接到大木的电话后，想必是既为难又警惕，竟然思索出了邀来舞女这种办法。音子避免与大木单独会面，含有音子对大木的实际心态吗？大木从进了房门见到她时，就已感

---

[1] 知恩院，位于日本京都市东山区林下町，为净土宗总寺院。法然上人于承安五年（1175年）在前大谷禅房营造地建起草庵。文历元年（1234年），其弟子源智建立殿堂，并始称知恩院大谷寺。

觉到这点了。然而，也就是这一眼，大木便察知到了他至今仍存在于音子的心中。这种感觉外人是不会知道的。不，她的女弟子一直生活在音子身边，而两名舞女即使是少女，但也为花街柳巷中的女子，所以她们也许会有点感觉。当然，她们全都是若无其事的样子。

音子先请大木落座。

"坂见小姐坐这边。"音子对女弟子说。那座位隔着被炉与大木相对，音子显然也回避坐在那里。音子从侧面挨近被炉。两个舞女就在音子身旁。

"坂见小姐，你向大木先生请安了吗？"

音子轻淡地问过女孩后，就开始向大木介绍起来。

"这位是住在我这里的坂见桂子，她性格与相貌不太相符，是有点泼辣劲的。"

"啊！老师，夸张啦。"

"她有时也画一些别具风情的抽象画。那画大胆泼辣，令人生畏，看起来还略带狂傲。我有时会被她的画吸引而感到十分羡慕。她作画时身体还会颤抖呢。"

女侍者端上了酒和小菜。两位舞女斟上了酒。

"没想到你会以这种方式让我听除夕钟声。"大木说。

"我觉得和年轻人一起听倒挺好的。钟声响后，又长了一岁呀，令人感伤啊。"音子眼都不抬地说，"我这样的人，难得活到今天……"

大木想起，在生下的孩子死了两个月后，音子曾吃安眠药企图自杀。音子也想起了这件事吧——大木接到音子母亲的通知才赶去看她。虽然这是因为她母亲想让音子离开大木而造成的后果,但她还是把大木叫了过去。大木住进了音子家里进行看护。音子打了许多针,造成大腿肿硬起来,大木一直为她按摩。音子的母亲为了更换蒸热的毛巾,不断往返于卧室与厨房之间。音子的内衣被脱掉了。十七岁的音子的大腿本来就细,所以注射后的肿块隆起得很瘆人。大木的手一用力按揉,有时就会滑进大腿内侧。母亲出去时,大木便为她揩拭渗出来的肮脏黏液。大木很怜惜音子,他为自己造成的罪孽落泪,那泪水滴在了音子的大腿上。他心中一直祈祷:无论如何也要让音子活下来,以后不论发生什么事情也绝不分离。音子的嘴唇变紫了。厨房里传来了母亲的抽泣声。大木去看她时,她正蹲在煤气灶台前缩肩哭诉。

"啊,快要死啦,快要死啦!"

"假如她真走了,您做妈妈的,一直对她疼爱有加,我觉得也应该无憾了。"大木说道。

音子的母亲握住大木的手说:"你也是呀,大木,你也是呀……"

到了第三天,音子的眼睛睁开了。在这段时间大木一直照料她,未曾合眼。音子眨眨眼,目光明锐起来了。

"好难受,好难受喔!"她抓头挠胸,痛苦挣扎。

大概是她看到了大木,便又嚷道:

"讨厌,讨厌,你走!"

两位医生精心的治疗和大木体贴入微的看护,总算救回了音子的一条性命。

音子恐怕没从母亲那里听说有关大木如何照顾的详尽情况吧。然而,大木至今仍然清楚地记在脑海里。比起自己拥抱过的音子的身体,却是她在鬼门关挣扎时自己一直按摩的大腿,更一清二楚地浮现在眼前。二十几年后的今天,即使那腿伸进听除夕钟声房间的被炉下面,大木也能洞见。

舞女或大木给音子斟酒,她端起酒杯毫不犹豫地一饮而尽,看来她的酒量很大了。一位舞女讲,撞完一百零八下古钟,据说需要一个小时。这两名舞女都没有穿宴会套装,而是穿着绉绸平装。腰带系得也不是很正规,可是质地不错,式样也很别致。她们头上也没有插花簪,只卡上一把漂亮的小梳子。这两名舞女好像都跟音子很熟,但为什么以如此轻便随意的穿戴来呢?大木不得而知。

干过杯后,大木听着舞女用京都方言拉拉杂杂地聊着天,心情才随之放松了。音子的安排算是挺周全的吧。音子一定是想避免与大木单独会面,个中也掺杂着她突然要会见大木而需要调整心情的因素吧!他们二人仅仅这么坐着,心灵就已畅通起来了。

知恩院的钟声响了。

"啊!"一桌人顿时安静了。

钟声太过苍寂,好像是古钟有点裂纹,但缭绕的余音却幽深绵长。隔了一会儿又响起了第二声。那钟似乎就是在身旁敲响的。

"太近啦!我说想听知恩院的钟声,就有人告诉我这个地方,不过还是在鸭川沿岸一带离钟稍远的地方听更好。"音子对大木和女弟子说。

大木拉开隔扇一瞧,发现这客房窄小的庭园下面就是钟楼。

"紧挨着这里啊!都能看见撞钟的情形。"大木说。

"确实过于靠近了。"音子重复说道。

"不,这很好啊!每年除夕夜从收音机里听到的钟声,这次能靠这么近聆听,也是一大快事呀!"

大木虽然这么说,但心中却想在这里听的确有欠风情。聚集在钟楼前的黑色人影攒动着。大木关上隔扇回到被炉边。钟声继续鸣响时,人们也不再洗耳恭听了。不过这座古钟不愧为名钟,宛如遥远时代的底蕴在迸发,在回荡。

大木他们离开包厢,便去祇园社参加白术祭[1]了。他们在那里看到很多人在草绳一端点上火,摇晃着走回家。据说用那把火点上祝福新年的杂烩火锅灶台,是自古流传下来的风俗。

---

[1] 白术祭,在日本,除夕至元旦京都祇园神社举办的接受净火的祭典。白术为药用植物,据说将它掺进净火中焚烧可驱除瘟疫。

早春

大木年雄伫立在山岗上,紫色的晚霞鲜艳夺目。从下午一点半左右,他就开始为一家报纸的晚刊写连载小说,完成一日份的作品之后,便走出了家门。他的家就在北镰仓的山岗上。西方晴空的彩霞,一直铺展到高高的中天。那紫色太浓,令人难以分辨出是雾霭还是薄云。对大木来说,晚霞呈现出紫色还是十分珍奇的。它犹如用毛刷在濡湿的物品上横抹的效果,呈现出浓淡有致的晕染。紫色的娇柔蕴含着临近的春天。有一处是淡红色。那里似乎是夕阳。

大木回想起在京都听完除夕夜钟声,乘坐元旦的特快列车"鸽子号"返回时,被夕阳映照的铁轨反射出红光时的情景。那轨道一直到很远都闪耀着红光。铁道的一侧是海。随着铁路向山崖拐弯,那红色便消失了。列车一驶进山峡,暮色骤然降临。然而铁轨上的红色却像一个彩色的引子,激起大木更加鲜活地回想起自己与音子之间的往事。因为听除夕钟声,音子带来了女弟子坂见桂子,甚至还叫来舞女，从而避免了两人单独相见，但这样一来，反而使大木感到自己至今仍然存在于音子心中。从祇园社寺走到四条大街，但见人群中既有醉汉和年轻的男子，也有伸手抚弄舞女发髻、嘴里不干不净、动手动脚的莽汉。平时的京都，不会有这种情形。大木以保护舞女的走法前行，音子和女弟子则滞后一步紧随其后。

元旦中午要搭乘"鸽子号"时，大木暗忖音子恐怕不会到车站来送行，正焦躁不安，其女弟子坂见桂子来了。

"新年好！本来应该是老师来送您的，可是每年元旦她都要去情理上必须拜年的人家，而且中午也有别的客人来访。老师早上就出门了，所以嘱托我来送您，并向您表示歉意。"

"是吗？你还特意赶来……"大木回答。

元旦的车站人也稀少，坂见桂子的美丽引人注目。

"除夕到旅馆来接我，元旦到车站来为我送行，真是太麻烦你了。"

"哪里哪里！"

桂子穿的还是昨晚那件和服。衣服上画有千姿百态的群鸟以及飘零的雪花。质地是淡蓝色的绫子。虽然群鸟着上了色彩，但依桂子的年龄，还是素淡了些，而且作为新年的穿着也略显寒碜。

"挺漂亮的和服哟！是上野老师设计的吗？"大木问。

"不是。是我自己试着画的，可是画得很不理想。"

桂子说着，脸颊泛起了薄薄的红晕。正是这寒碜的和服，反而将桂子那如花似玉的容貌衬托得更加水灵了。还有，那衣服上群鸟的调色以及形态的变化，透露出抽象的青春活力，洒落的雪片亦如飘舞一般。

桂子说有音子赠送的礼物，便递交过来京都的糕点及冬季酱菜等物。

"还有，这是您的盒饭。"

从"鸽子号"进站直到出站，说起来也就一两分钟，可桂子始终站在车窗近旁。大木当然只能看见桂子胸部以上的地方，他觉得此时是桂子一生中最美丽的时刻。大木不知道音子风华正茂时的美丽容姿。音子十七岁时他们便被迫分开，昨天相见时的音子已经四十岁了。

大木在四点半左右就早早地打开了饭盒。里面是新年菜肴套餐，另添了饭团。饭团捏得小巧精美。好像其中蕴含着女人的情愫。这饭团是音子为了昔日曾践踏过少女音子的男子而捏制的吧！大木一边咀嚼着这一口或一口半大小的饭团，一边感受音子的谅解正浸透他的舌头和牙齿。不，那不是谅解、宽恕，那是音子的爱！是至今仍存活于音子内心深处的爱！音子被她母亲带到京都后，曾发生了些什么事呢？大木只知道音子以绘画度日，一直独身，其余详情均不知晓。或许音子也有过恋情。然而少女那种死去活来的爱恋只奉献给了大木一人，这应该是千真万确的。大木和音子分开后，也曾有过几位女人。然而，却没有一位像少女的音子那样，使大木产生出那种情深悲恸的爱。

"唉！真好的米，是哪儿的米呢？关西的米……"

大木一边思考，一边把小饭团不断送到口中。饭团的佐料加得恰到好处，咸淡适中。

音子十七岁时就早产，自杀未遂，接着在两个月后又被关进精神病院的铁窗病房里。音子的母亲曾经通知过大木，但不允许他们见面。

"虽然从走廊的远处能望见音子，但是，请你不要来看她……"音子的母亲这么说，"我也不想让你见到她现在的模样。她若见了你，安静的心情就会被搅乱。"

"她还能认出我吗？"

"当然能认出！她不正是为了你才变成这个样子的吗？"

"……"

"不过，她好像并不是完全疯了。医院的医生也是这么安慰我，说这只是暂时现象。这孩子经常做这种动作……"她母亲说着，做了一个哄抱婴儿的姿势。

"她自己还是个孩子呀，真可怜哪！"

音子住院近三个月，她母亲来见大木说：

"大木先生，你有太太也有孩子，这我都知道，当初音子也应该都知道。尽管我明知这些，又已经这么大岁数，仍想要拜托你一件这种事，大概你会以为我才是疯了吧……"音子的母亲颤动着肩膀，"你难道不能和音子结婚吗?"

她眼含热泪,低下头来。她紧咬了牙关。

"这个主意我也曾经想过。"大木很是痛苦似的回答。他的家庭当然也起了波澜。妻子文子那年二十四岁。

"我已经反反复复考虑过了。"

"我也和我女儿一样,头脑发昏了,你把它当作耳旁风也没关系,但我决不会求你第二次。我不是说现在马上办理,而是两年也罢,三年也罢,即使五年,甚至七年都可以,我会叫音子等你。即使我不说,我女儿音子也必然会一直等下去的。她毕竟还是十七岁的女学生……"

听这种口气,大木就知道了音子继承了母亲刚烈的个性。

然而还未等到一年,她母亲就卖掉东京的房子,带着音子迁居到了京都。音子也转入了京都的高等女子学校[1]。她降了一个年级,从女高毕业后又上了绘画专科学校。

从那个时候起,到一同聆听知恩院除夕夜的钟声,以及在元旦托人赶往特快列车旁送上盒饭,已经过去二十多年了。不光是饭团,就连正月的过年菜肴好像也坚守着地地道道的京都老规矩,大木每次用筷子夹起这种做法的饭菜,都要欣赏一会儿再送进口中。京都饭店的早餐也上了

---

[1] 高等学校,即高等中学,相当于中国的高中。日本对初中毕业生进行高等普通教育和专科教育的学校。

碗只是样子货的年糕汤，最有新年风味的还是这个盒饭。回到北镰仓的家中，那新年饭一如近来妇女杂志上刊登的彩色照片那样，糅进了很多西洋风味。

对京都的女画家音子来说，即使如她的女弟子所说，元旦有情理上的礼节性活动，但是，难道就不能挤出十分钟十五分钟到车站来送行吗？

如同聆听除夕钟声那样，音子为了避免与大木两人单独相会，仍然让女弟子代劳到车站送行吧。然而，昨天晚上在女弟子和舞女面前，即使大木没向音子提起一丁点旧事，但两人对那段往事却是心灵相通的。这个盒饭也是如此。

"鸽子号"开动时，大木从车内用手掌拍拍窗玻璃，发现外面的桂子听不见，就把车窗上推了两厘米左右，说道：

"谢谢你元旦这么早赶来送我。你家在东京，时常也会回东京吧！以后可以顺便到我家玩玩。北镰仓地方很小，你在车站附近一问，就会立刻知道我家地址了。还有，我想请你把那抽象派画作，就是音子老师所说的近乎疯狂的画寄给我，一幅两幅都可以。"

"真不好意思！上野老师说那是疯狂的画……"

桂子的眼睛瞬间闪过怪异的光彩。

"不，那不正是因为上野老师已经画不出来那种画了吗？"

列车停站时间很短，和桂子的谈话也很短。

纵然大木自己以前也写过幻想风格的小说，但从没写过如今所谓的"抽象小说"。言语和文字等若脱离日常的实际运用，就可称作抽象、象征，但对大木而言，他自年轻时便致力于写散文，好像这倒扼杀了他发挥抽象和象征写作的才能和天赋。他喜爱法国的象征诗派、《新古今和歌集》及俳谐等，从年轻时就学习了用象征、抽象的语言创作具体、写实的作品，但他认为，如果将具体性、写实性的表现深入下去，仍可达到象征性、抽象性的意境。

例如，大木用言语和文字书写的音子，与真实的音子是什么关系呢？其真相恐怕难以把握。

在大木的小说中，寿命最长、直到现在还有众多读者的，就是描写与十六七岁的上野音子恋爱经过的长篇。因为这部小说的出版，音子的社会形象尤其受到伤害，而且也引起一般读者对音子的好奇，这无疑妨碍了音子的婚姻，可是在二十几年后的今天，作为小说人物原型的音子倒被广大的读者所喜爱，这是怎么一回事呢？

与其说作为小说原型的音子姑娘被读者喜爱，不如说大木小说中的音子被喜爱更为准确吧。这故事并不是音子叙说自己，而是大木撰写出来的。书中糅入了身为作家的大木的想象和虚构，当然，也有美化的地方。

不过，即使剔除掉这些想象、虚构和美化，大木所撰写的音子，和假设由音子叙说自己的那个音子，到底哪一个才是真实的音子呢？这可确实令人无法分辨。

话又说回来，小说里的姑娘的确是音子。倘若大木与音子没有恋情，这篇小说就不可能诞生。显然，直至二十多年后的今天，这本书仍拥有广大的读者群，正是缘于音子这个人物原型还存在。假如，大木没遇上音子这位少女，大木的人生也就没有这段恋爱。三十一岁的大木认识音子、相互爱恋，是命中注定，还是上天赐予？这既是要思考的，也是再怎么思考也弄不明白的。然而，这件事的确是让大木跻身作家之列的幸运出发点。

大木把这部小说题为《十六七岁的少女》，这是个毫无创意的平凡命名，但在二十多年前，旧学制的女学生在十六七岁就和人发生性行为并怀孕早产，为此还一度死去活来，等等，是件很另类的事情。然而，身为男方的大木并不认为这是怪事，自然也没有把这种事作为怪事来写，他也没有以好奇的目光来看音子。

就像小说的书名平淡无奇一样，作者也朴实地把音子写成一个纯洁而又奔放的少女，努力将主人公的容姿神态和举止写得形象生动。也就是说，作者的青春爱情被鲜润水灵地注入到书中去了。《十六七岁的少女》之所以久盛不衰受众人追捧，大概缘于此吧！小说叙述了一个年轻但有妻室的男子和少女演绎的悲恋，通篇几乎看不到道德的反省，作者极尽拔高美感之能事。

大木和音子幽会时——

"大木先生，你总考虑对不起这个，冒犯了那个，太瞻前顾后，你最好丢掉对面子的顾忌。"

被音子这样一说，大木顿感惊恐。

"我是不要面子的呀，现在不就是这样吗？"

"不，我说的不是你和我的事！"

"……"

"无论什么，按你最喜爱的方式做都可以呀！"

大木有点难以作答，他回顾了自己的过去。

音子这句话令他念念不忘。他觉得之所以十六岁的少女仿佛看透了自己的生活及性格，缘于音子的双眼充满着爱。大木的生活态度一向我行我素，但和音子分离后，每当要顾忌别人的看法时，他仍会想起音子说的话，想起说这些话时的音子——

音子感觉自己说的话使大木停住了爱抚的手，便将脸贴在大木的胳膊上。她一动不动地沉默着，衔住了大木胳膊的内侧。然后她的牙齿忽然加力咬了一口。大木忍住疼痛没有挪动手臂。音子的泪水濡湿了大木的胳膊。

"痛啊！"

大木说着，便抓住她的头发，拽开了她。大木的胳膊上留下了音子的牙印。鲜血渗了出来。音子舔着那里说：

"你也咬我！"

大木从音子的手腕一直抚摸到肩膀，然后静静地观赏着，这是还未脱稚气的少女手臂啊！他吻着她的肩。音子嫌痒，扭动起身子。

大木写《十六七岁的少女》，当然没有完全照着音子所说"无论什么，按你最喜爱的方式做都可以"而写，但是，在写小说的过程中，倒常常想起音子的话语。《十六七岁的少女》是与音子分离两年后写完成书的。此时音子已跟她母亲搬到京都去住了。音子的母亲在知道大木有妻子也有孩子的情况下，还拜托大木和音子结婚，也许她因为没有得到大木的回音，才离开东京而去的。或许她难以忍受自己和独生女的苦楚与哀愁吧！在京都，音子和母亲是如何阅读大木的《十六七岁的少女》的呢？以音子为原型的小说，是大木的成名之作，她们又是怎样看待读者群不断扩大的呢？当时，世人当然没有诠释和评议年轻作家小说中的人物原型。《十六七岁的少女》的原型是音子，是在大木年逾五十、作家地位上升、有人开始调查大木的经历等之后才暴露于世的。这已经是音子的母亲逝世后的事了。再者，音子也成了京都的女画家，所以这个小说原型才更为声名大噪。作为《十六七岁的少女》的原型，音子的照片还曾刊登在杂志上。大木推测，音子是不可能允许自己作为小说人物原型而被拍照的，大概是以画家身份接受拍照后被挪用的吧。不消说，音子从没向报纸杂志透露身为小说人物原型的感想。在《十六七岁的少女》出版时，音子和她母亲也没有前来向大木说些什么。

引发的风波是在大木家庭的这一方。这是理所当然的。

大木的妻子文子，结婚前是一家通讯社的打字员。大木写好的原稿都让新婚的妻子打出来。这或许是蜜月的甜蜜游戏，或许是爱的嬉戏，但也不尽其然。当自己的作品首次刊登在杂志上时，那手稿与小字号铅字印刷相比，效果差异之大令大木震惊。可是随着书写习惯的改善，大木在书写原稿时，就自然而然地知道印刷效果了。他书写时并没考虑其效果，头脑中完全没把这些当作一回事，但印刷与原稿之间的差距却逐渐消失了。在他以后的写作中，写出的原稿也可作为印刷物来读了。在原稿中看着乏味的地方、疏忽的地方，当印成铅字以后再看，也都像模像样了。这大概是已经掌握了职业技能的关系吧！大木常对刚开始写小说的人说：

"不管是同人杂志，或是其他什么刊物，请你们姑且印刷成一次铅字看看吧。它与原稿有相当大的差异，会让你意外弄懂好多东西。"

如今大木作品发表的形式是铅字印刷。但有时也体验过相反的效果带来的惊奇。例如，大木一直都是看《源氏物语》[1]的注释本或小开本的文库本，即当今的铅字本，

---

[1] 《源氏物语》是日本平安中期的长篇小说，紫式部著。11世纪初成书，分三部描写四代帝王七十余年的人生历史。第一部描写主人公光源氏的爱情和荣达；第二部描写光源氏花团锦簇的生活中出现的危机、光源氏和周围人们在现实生活中的痛苦和徘徊；第三部描写光源氏死后其私生子薰君及众男女的悲剧和他们对极乐世界的向往。作品巧妙地融入古今内外的众多诗歌典籍，文笔流丽，内容丰富，为日本物语作品的杰作。

可有一次读到北村季吟[1]的《湖月抄》的木刻版本后，就产生了相当不同的印象。再往上追溯至遥远的年代，想想看，王朝时期用那优美的片假名手写的作品，读后的印象会是什么样呢？还有，《源氏物语》在现代来说，是一千年前的古典小说，而在王朝时代却是"现代小说"。无论《源氏物语》的研究有多大进展，在当今，已经不能被当作现代小说来阅读了。即便如此，读木刻版本要比读铅字本更多一种心旷神驰的感觉。高野切的《古今集》[2]里的和歌等也与此相同吧。再一直向下数，大木也下功夫阅读了西鹤[3]作品的元禄木刻版本（尽管是复制品）。这不是出于怀旧情趣，而是为了尽一切可能感触到、接近原作的真髓。然而，当今的作品大多只能看到铅字印刷本，而阅读原稿的复制品只不过是风雅之举而已。

和文子结婚后的那段时光，大木手写的原稿和印刷铅字的差异并不太大，但因为妻子是打字员，所以原稿

---

1 北村季吟（1624—1705），日本江户前期的俳句诗人、和歌诗人、古典文学研究家。著作有关于俳句的《山之井》《新撰犬筑波集》和古典注释书《徒然草文段抄》《源氏物语湖月抄》等。
2 《古今集》，即《古今和歌集》，收录《万叶集》之后的优秀和歌约1100首，成书时间约为延喜五年（905年）或延喜十四年（914年）。入选者总数约120人，内容分为四季、祝贺、离别、恋爱等13类。
3 西鹤，即井原西鹤（1642—1693），日本江户前期俳句诗人，浮世草子（现实主义小说）作家。师从西山宗因，谈林俳谐的代表性作家，以其才思敏捷的连珠炮俳句而著称。他打破物语文学的传统，开创了日本近世小说史上的一个新时期。著有爱情故事《好色一代男》《好色一代女》，武士复仇故事《武道传来记》等。

都让她打了出来。日文打印好的稿件比手写的稿件效果更接近铅字印刷吧。而且，考虑到当今西方的原稿几乎都是直接打字，或是完成后再打字誊清，大木也有心尝试尝试。然而，大概是看不习惯的原因吧，打印成日文后的大木的小说，比原稿或印成铅字的书本都显得更乏味、生硬。可也正是因为这点，大木更易发现败笔之处，进行润色修订。于是，大木的原稿还是全部都让文子打字，这已经成了惯例。

如何处理《十六七岁的少女》的原稿呢？这与惯例发生了冲突。倘若还让妻子打字，便会给她带来痛苦和屈辱。这是残酷的。音子十六岁时，妻子二十三岁，已经生了一个男孩。丈夫和音子的恋情，她当然有所察觉，深更半夜她常背着婴儿在铁道线上徘徊。差不多两个钟头后她才回来，但仍不愿进入家门，只是倚靠着院子里的一棵老梅树。大木到外面去找也没有找到她，进门时听到抽泣声才发现了文子。

"你干什么去了？不怕孩子感冒吗？"

三月中旬，天还很冷。婴儿真的患了感冒，为预防转为肺炎而住进了医院。文子也去医院陪护。

文子常说："倘若这孩子死了，你就会更容易与我分手了吧。"尽管如此，大木却把妻子不在家作为好时机，出去与音子幽会。婴儿最终恢复了健康。

文子发现音子母亲从医院寄来的信，也知道了十七岁的音子早产的消息。虽然十七岁早产并不稀奇，但文子依然感到震惊，因为她做梦也想不到丈夫给一名少女造成如此罪孽。她骂大木是个恶魔，越骂越激动，竟咬住了自己的舌头。看到妻子的嘴唇中流出鲜血，大木慌忙掰开她的嘴，将手插入嘴内。文子犹如窒息一般，想要呕吐，显得身心交瘁。大木抽出了手。手指上留下了文子的牙印，流着鲜血。文子见状稍微沉静下来，帮大木清洗手指，抹上止血药，缠上绷带。

音子和大木断绝来往，和母亲搬到京都去了，这件事文子也知道。《十六七岁的少女》完稿是此后的事。让文子打这部稿子，简直是揭开文子嫉妒及苦恼的伤疤，使她再度流血。然而，如果唯有这篇不让她打字，对妻子来说就成"秘密出版"了。大木感到迷茫，但最后还是一咬牙，把稿子交给了妻子。他这样做，其初心是有意向妻子告白一切。文子在打字前，好像从头到尾通读了一遍。她不这样做就难以控制住情绪。

"我和你分开就好了，为什么当初我不和你分开呢？"文子脸色惨白地说，"读者都会同情音子的。"

"我没太想写文子的事情。"

"是我比不上你理想中的女性吧。"

"我可没那么认为！"

"我只是个丑陋的嫉妒狂。"

"音子已经是离我而去的人了。文子却是今后长久一起生活的人。而且，作品里的音子，加入了相当多的作者虚构成分，与真实的音子截然不同。比如说，音子发疯时候的那些事，我就全然不知道。"

"那些虚构成分，正是你的爱情呀。"

"如果不那样，我就写不出小说啦！"大木挑明了说，"你肯帮我把那些也打出来吗？虽然你会很难过……"

"我打！打字机是一种机器。我就是你使用的机器。"

虽然文子自己说要成为"机器"，但当然不可能尽然。她好像屡屡打错，大木常常听到撕掉打印纸扔掉的声音。而且，她有时还停下手中的活暗暗抽泣，或是恶心欲呕。在狭窄的家中，有一间根本称不上书斋的六张榻榻米[1]大的简陋房间，隔壁就是四张半榻榻米大的餐室，打字机便放在这餐室的一个角落里，所以大木在书斋里对文子的举动十分清楚。大木很难平静下来就寝。

然而，文子对《十六七岁的少女》没有说过只言片语。大木认为，或许她既自称为"机器"，就不再开口说什么了吧！《十六七岁的少女》是一篇三百五十张四百字稿纸的小说，但对原来当打字员的文子、一直为大木打稿件的文子来说，好像仍需花费时日。文子的脸色渐渐变得苍白，脸颊也消瘦起来。她常冷眼上挑，盯着某处发

---

[1] 榻榻米，日本铺设于居室中的家具，房间面积也常以榻榻米的张数计算。一张榻榻米的传统尺寸是长180厘米，宽90厘米，面积为1.62平方米。

呆。她执拗地固守着打字机。后来有一天，文子在晚饭前呕吐出黄色的黏液，趴了下来。大木绕到文子后面，为她揉背。

"水，给我水。"文子气喘吁吁。她的眼眶红了起来，饱含着泪水。

"都怪我。这小说还是不该让你打的。"大木说，"如果只把这部小说瞒着文子发表，我也……"这种事，即使不会导致夫妇感情破灭，也会留下永远无法愈合的创伤。

"你能让我打，无论多么痛苦，我也要谢谢你。"文子强颜欢笑地说，"第一次连续打这么长的稿子，肯定是疲倦啦！"

"正因为这稿子长，所以文子所受的痛苦也就长，这也许就是身为小说家妻子的报应吧！"

"就是因为看了你的小说，我才清楚地了解了音子小姐，我虽然痛苦欲绝，但也觉得能与音子相遇，是你的幸运啊！"

"我不是说过，音子是按理想化写的吗？"

"我明白这些。音子这种姑娘在现实中是不存在的。不过，我想让你把我的事也再多写一点呀。即使写成母夜叉那般嫉妒狂的恶妻也无所谓！"

大木一时词穷，只好说：

"文子不是那种可怕的妻子！"

"你还没有完全明白我的心思。"

"不！我不想暴露家庭的隐私。"

"撒谎！你迷上了年轻的音子，才只想写她！你觉得如果把我也写进去，不仅会损伤音子的美丽，还会玷污小说吧。不过，难道小说必须描写那些美好的事物吗？"

纵然是妒火中烧的妻子，也会因没将她充分写入作品，而被诱发出了新的嫉妒。书中并非没写文子的嫉妒。也可以说，正因为笔法简洁，反而更具有说服力。

然而，似乎文子因大木没有详细地描写自己而感到懊恼。对大木而言，妻子的心理实在不可理喻。大概文子认为，自己在大木眼中还不如音子重要，或是觉得自己受到了近乎无视的待遇吧！《十六七岁的少女》是描写大木和音子悲恋的小说，对妻子的着墨不及音子，这是理所当然的。此外，即使书中糅入了作者的虚构成分，但也原原本本写入了不少大木一直瞒着妻子的事实。本来大木最害怕这些秘密让妻子知道，但妻子好像只为书中对自己轻描淡写而伤透了心。

"我不想采用通过描述文子的嫉妒，来衬托音子这种写法。"

大木说道。

"如果没有爱——甚至也没有恨，那就写不出来吧……我帮你打字时，曾深切地思考着，为何当初没离开你！"

"你又在说无聊的话了。"

"我是认真的。当初没分手是我最严重的罪过啊。我整个人生都要背负这个罪过吗？"

"你说什么呀？"大木抓住文子的肩膀用力地摇晃。文子胸部下方起伏波动，又痛苦地呕吐出了黄色的液体。大木放开了手。

"……"

"不要紧的，我、我，或许是怀孕了。"

"啊！"

大木吓了一大跳。文子双手掩面，放声大哭起来。

"那么，你必须多加保重身体，请你别再打那部小说了。"

"不，我要打。你让我打下去。已经只剩下一点了，再说只要动动手就可以了。"

文子很倔强，没有听从大木的劝说。在接着把原稿打完的五六天后，文子流产了。与其说这是打字造成的，倒不如说是所打的内容对她的心理打击所致。请女医生到家里来看病时，文子正在睡觉，她的头发只是随便束着，而且那头发也显得有些稀疏了。文子的头发以前是浓密而柔顺的。她只薄薄地涂了一层口红。她那失去血色的脸庞，由于没施粉黛，显露出了滑润的肌肤。对年轻的文子来说，流产对身体不会有大碍。

然而，大木把《十六七岁的少女》小说稿放进文件柜里便束之高阁了。他既没有撕掉烧毁，也没有取出来捋顺一遍。这部小说已将两条性命葬送到了阴间，发生了音子的早产和文子的流产，这太不吉利了吧？他们夫妻二人短时间内都没有提及这部小说。后来，还是文子先开的口。

"为什么不把那稿子交出去？你觉得对我不好吗？如若和小说家结了婚，这种事我是无奈的，而且，要说会对谁不利，我认为应该是对音子吧。"流产后的文子，此时已经康复，看起来皮肤比以前更有光泽更好看。也许是年轻的缘故吧！需求丈夫的女性欲望也比以前强烈起来。

《十六七岁的少女》小说出版那段时光，文子又怀孕了。

《十六七岁的少女》被评论家们赞赏，更受众多读者的喜爱。文子不会完全忘记嫉妒和痛苦，可她既面不改色，也没言语，反倒沉浸在丈夫成功的喜悦之中。而且在大木的小说中，这部被称为年轻时的代表作的《十六七岁的少女》，一直到现在仍旧畅销不衰。这不光改善了大木一家的生活，就连文子的衣着和饰品，以及子女的教育支出情况，也都大为改善。如今的文子几乎想不起吧，这些变化都是因为有了音子这位少女，因为有了这位少女与大木的恋情！可能她会认为这是丈夫理所当然的收入吧！至少，音子和丈夫往昔的悲恋，对现在的文子而言，如今难道不是已经完全衍变，而不再是悲剧了吗？

大木对此还没达到非得拒逆的地步，但他有时却不得不加以思考。作为《十六七岁的少女》的原型，音子对大木岂不是无偿奉献了吗？音子就自己被写进小说，一直没对大木说过只言片语，音子的母亲也没有前来责难。用语言文字写成的小说，比起绘画、雕刻、摄影，更能描绘出音子的内心，容貌也依大木的好恶而添加想象、虚构与美化等，但那仍是地地道道的音子。大木尽情写出了年轻人的热恋，没太考虑音子的困惑、未婚的音子对前途的迷茫。这虽然吸引了许多读者，但也许妨碍了音子的婚姻。大木凭靠《十六七岁的少女》而名利双收。文子的嫉妒得以排遣，内心的伤痛也显得缓解了。被迫与大木分离的音子早产，与一直是大木的妻子的文子流产也不尽相同吧。正如俗语所说，流产之后怀孕快，果不其然，文子不久便安然生下了一个女孩。唯有《十六七岁的少女》这本小说面目依旧，其余的都随着岁月而流逝了。小说中没有着重描写文子那嫉妒狂的心态，从所谓"顾家"这种世俗观念来看，这不是很好吗？的确，这是《十六七岁的少女》小说的败笔，即便如此，这也不是使这部小说更加通俗易懂，更易于引起读者对小说中音子的喜爱了吗？

提起大木的代表作来，直到二十多年后的今天，必当首推的仍是这部《十六七岁的少女》。大木作为小说家，似感没出息。

"真不想如此啊！"大木忧郁得自言自语，可再换个思路考虑，那里面大概蕴藏着青春的娇艳风华吧。另外，世人的爱好已被所谓的定论完全支撑，纵然作者自身抗议，也不能使其动摇。好像作品已经离开作者而生存了。然而，曾经十六七岁的音子，尔后变成了什么样呢？大木时常惦念着。他只知道音子被母亲带到京都去了。必须言明，大木还把音子的事情挂在心上，是缘于小说《十六七岁的少女》依旧畅销不衰。

那位音子作为画家而崭露头角，是近年的事。此前他们相互之间都杳无音讯。大木想象着音子大概已平凡地结婚，过着平凡的日子吧，这也是他所希望的。然而，依音子的天性，她不会甘心过着平凡生活的，大木之所以时有所思，或许是因为自己对她的怀恋之情还没泯灭吧！

所以说，知道音子成了画家，对大木是个冲击。

自那以后到音子成为画家之前，她曾经受过什么样的痛苦，又是如何迈过烦恼坎坷的呢？虽然大木无从得知，却感到莫大惊喜。在百货商场的画廊偶然看到音子的画作时，他的心在颤抖。那不是音子的个人画展，而是在许多画家展销的画作中，有着音子的一幅。那是幅牡丹画。她在画绢的最上端只画了一朵红牡丹。花儿的取向为正面，花朵比真的还要大，叶子稀疏，下端有一个白色的蓓蕾。从大得不自然的花中，大木看到了音子的气质，看到了音子的品位。他马上买下了这幅画，可画家落款是音子，大木不敢拿回家，就将它捐赠给了小说家俱乐部。那幅画高高地挂在俱乐部的墙壁上，与在热闹的百货商场中看到的，给人的印象多少有所不同。

那鲜红硕大的牡丹花好像非常怪异,仿佛从花朵深处放射出了孤独的光芒。大木在《妇女杂志》上看到了音子在画室中的照片,就是在那期间。

在京都听除夕钟声是大木多年来的愿望,但想和音子一起听的念头,却是由牡丹画所引发的。

北镰仓又名"山之内",南北山丘间有路相通,花木甚多。今年也将是由路端花丛向人们报春吧。从北山丘散步到南山丘,已经成为大木的习惯。紫色的晚霞就是从南山丘的高处看到的。

那晚霞很快紫色褪尽,变为沉淀于灰色之中的冰冷藏青色,仿佛乍到的春天又回到了冬天。把暮霭抹成一块桃色的夕阳已经沉落了吧。肌肤霎时感到寒意。大木从南山丘下到山谷,然后回到北山丘的家。

"有位叫坂见的年轻姑娘从京都来啦!"文子说,"带了两幅画,还有土特产,麸嘉[1]的生面筋。"

"回去啦?"

"太一郎送她出去了。也许是去找你了。"

"是吗?"

"那姑娘漂亮得吓人!她是干什么的?"

妻子目光不离大木,窥探面部表情。大木极力装作若无其事的样子,可是妻子凭借女人的敏感觉得这姑娘好像

---

1 麸嘉,京都一家老牌店铺,招牌产品是生面筋。

与上野音子有关系。

"画放在哪里了?"

"在书斋。原封未动,我没看。"

"是吗?"

坂见桂子是遵守在京都车站送大木时的约定,送画来的吧!大木马上进书斋拆开了包装。有两幅画,均装在简便的画框里。其中一张画的是梅。虽说是梅,但仅仅是一朵如婴儿脸一般的大花,既没有枝条也没有树干。而且,这一朵花既有红色的花瓣,也有白色的花瓣。另外,有一枚红花瓣被不可思议地描绘成了深红色和淡红色的交织。

这朵硕大梅花的形态虽然没有扭曲变化,但也没给人丝毫死板的印象。它犹如摇曳着的怪异灵魂,仿佛真的在晃动着。这也许是背景的关系吧!大木一开始以为背景是厚厚冰块的碎片重叠,仔细一瞧,又觉得那是连绵的雪山。因为不是写实,所以把它看成厚厚的冰块或雪山都无所谓,但给观赏者眼球传来巨大冲击感的必然是雪山。世上当然没有这种宛若利刃劈削一般,且呈倒三角形状的山峰,但这是抽象画风。也许那既不是雪山,也不是厚厚的冰块,什么也不是,只是桂子的心象描写吧!即使将其假设为崇岭叠嶂的雪山,那也不是冷峭的雪白。雪的冰冷感与雪的暖色调交织成了音乐。而且,那也不是单纯的雪白,而是各种颜色宛如歌唱一般交融在一起。这格调和那朵梅花花瓣的红白色彩变化是浑然一体的。如若认为它是冷峭的，它就是冷峭的，如若认为它是温暖的，它就是温暖的，总之，这梅花里浮现出画家青春蓬勃的情感。想必这是坂见桂子应季为大木新作的画吧！因为能看明是梅花，所以应该说这是半抽象的画作。

观画过程中，大木联想起庭园里那棵古老的梅树。花匠说它是棵残树、畸形梅，大木也信以为真，还囫囵吞枣地把花匠所讲的不靠谱的植物学知识原样认从，至今也没再细查。那棵老梅树在一棵树上开着红花和白花。这当然不是嫁接的结果，因为在一根枝桠上就混开着红梅花和白梅花。并不是所有的枝桠都如此，也有的枝桠尽开白花，有的枝桠尽开红花。不过，大部分的小枝桠上是红花和白花混开的。而且，每年混开的小枝桠并不限于都是同一小枝。大木深爱着这棵老梅树。如今老梅树正苞蕾微绽。

坂见桂子的画，无疑是把这棵不可思议的梅树用一朵梅花来象征。桂子从音子那里听说过这棵梅树的故事吧。上野音子十六七岁的时候，根本没去过那时已和文子结婚的大木家里，但她可能听过这棵老梅树的故事。大木已不记得当初是如何讲的了，而音子却还牢记着吧。也许音子后来向弟子桂子也谈起过吧！

随着讲述梅树的故事，音子是否把往昔的悲哀爱情也和盘托出了呢？

"那个，是音子小姐的……"

"哎？"

大木转过头。由于全神贯注欣赏画作，竟没有发觉妻子已站在他身后。

"是音子小姐的画吧！"妻子说。

"不是的！她不会画出这么稚嫩的画作。这是刚才来的那位小姐的画。上面不是有她的落款'桂'字吗？"

"奇妙的画！"文子的声音略显僵硬。

"是，真是奇妙的画！"大木尽量平和地应答，"近来的年轻人，日本画也都画成这个样子了。"

"这就是所谓的抽象派吗？"

"或许不能说全是抽象派画法。不过……"

"还有一张更奇妙呢。不知道画的是鱼，还是云，有如此把好多颜色随意涂抹的画作吗？"文子在大木的稍微偏斜的后方跪坐下来。

"嗯！鱼和云相差很大呢。那既不是鱼，也不是云吧。"

"那么，这是什么画？"

"如果你能看出是鱼画或云画，也许都能说得过去。"

大木把视线移向那幅画。他弯下腰去看靠在墙壁上的画框背面。

"《无题》。题目是《无题》。"

那幅画毫无物体的形状，比《梅》使用了更多的浓烈色彩。也许因画面上有许多横线条，故而文子勉强解释为鱼或云。乍一看，好像色彩也不协调。然而，作为日本画，它却紧紧抓住了强烈的感情。毋庸置疑，这绝不是涂鸦。《无题》反而也能解释成任何表意，画家的主观意志貌似隐藏起来了，抑或反而已经表现出来。这幅画的主旨何在？大木在画中寻找着。

"那个人，与音子是什么关系？"妻子诘问。

"是音子的入室弟子。"大木回答。

"是这样嘛。能让我把这些画撕毁烧掉吗？"

"胡说！为何如此粗暴……"

"这两幅画都是呕心描绘音子的。不能放在家里！"

女人的嫉妒心像闪电般突然袭来，大木虽惊愕不已，但仍平静地说：

"这怎么是描绘音子的画呢？"

"你看不出来吗？"

"这是文子的臆断！真是疑心生暗鬼！"虽然嘴里这么反驳，大木的内心已经燃起了小火苗，而且好像火势越来越旺。

《梅》显然明确表现出了音子对大木的爱，由此看来，《无题》也隐含着音子对大木的爱吧！《无题》使用了矿物颜料。从画面的正中央到左下角部分，矿物颜料浓重，采用了日本画独特的泼墨手法。在这块使用泼墨手法的画面中，有个地方十分明亮，宛如一扇奇妙的窗户，似乎能从中窥探到这幅画的灵魂。这种表现手法令人越想越觉得它就是音子对大木没有消逝的爱。

"不过,这两幅画,都不是音子画的,都是女弟子画的作品。"

当京都除夕夜的钟声敲响时,文子好像怀疑大木是否在与音子一起聆听。然而,那个时候她什么也没说。或许那是因为大木在新年的元旦便回到了家。

"不管怎么说,反正我讨厌这些画!"文子瞪眼说道,"不准放在家里!"

"文子喜欢或讨厌另当别论,可这是画家的作品呀。即使是年轻的女画家,也不能随意损毁作品吧?最重要的,现在还没弄清这画是送给我的呢,还是只想让我看看的呢?"

文子无言以对。于是说:

"因为是太一郎接待的,所以我……大概送她到车站去了吧,可就是去北镰仓车站,时间也太长啦。"

这也令文子感到焦躁不安?车站很近,电车十五分钟一班。

"这次难道是太一郎被诱惑了?因为那女孩太妖媚俊俏了!"

大木将两幅画按原样叠放在一起,一边慢慢地包装着,一边说:"别说什么诱惑,我讨厌'诱惑'这种字眼。那么漂亮的女孩子,这两幅也许是描绘她自己的吧,女孩子的自恋情结……"

"不对,所描绘的肯定是音子!"

"唔。倘若如你所说，这画也许是从女孩子与音子同性恋的角度来画的呢。"

"同性恋？"文子乘机追问，"她俩是同性恋吗？"

"我不知道。不过，即使是同性恋，也不足为奇吧。两人同住在京都的古寺中，又都是狂热奔放的性格！"

说是同性恋，明显是大木在糊弄文子。文子沉默了良久。

"即使是同性恋，我还是觉得这些画中描绘了音子对你未泯的爱情。"文子的口气变得温和了。大木对于当时为了找遁词而脱口说出"同性恋"三字，觉得羞愧不已。

"文子，不管你说的或我说的，恐怕全是无端猜测。这都是我们俩怀着成见看画的结果……"

"若是如此，不画这些云里雾里的画不就成了吗？"

"嗯！"

任何写实画作，都会表现出画家的内心感情和意图。然而，大木控制住了继续和妻子讨论。他胆怯了。对于桂子的画，也许文子的第一印象出乎意料地准确，还有，大木脱口而出的"同性恋"之印象，或许也是意料之外地准确。大木如此认为。

文子走出了书斋。大木则等待儿子太一郎的归来。

太一郎现为某私立大学国文系的讲师。在无需授课的日子，他或是去学校的研究室，或是待在家里查阅书籍。他最初希望钻研明治时代以后的"现代文学"，由于父亲的反对，而改为研究镰仓、室町时代的文学。他能阅读英语、法语、德语三国文字，作为一名国文学者，可说是如虎添翼吧。他才华横溢，老实温厚，习性却微显忧郁。而他妹妹组子的性格却开朗爽快，什么西装裁剪、装饰打扮、插花编织等五花八门的手艺都似通非通，这些都与哥哥恰好相反。有时组子邀请他去滑雪或打网球，太一郎也不爽快回话，被妹妹视为怪物。见了组子的朋友，他从来不同那些姑娘打招呼。自己的学生到家里来，也从来不给妹妹介绍。母亲文子对太一郎带回家来的学生总是热情款待，组子常绷着脸表示不满，但她从不记恨在心。

"就是有客人来，太一郎也是一开始叫女仆送上茶，就再无后续了。而组子有客人来，却从冰箱一直翻到柜子边角，或是随意打电话从外面叫来寿司或其他食物，无不使客人尽情畅怀。"母亲这么一说，组子便吐了吐舌头，说道：

"不过，到哥哥这儿来的都是他的学生嘛！"

组子结婚随丈夫去了英国伦敦后，一年也就只来两三封信。太一郎当然还不能自立门户，所以从不提及结婚的事。

然而，太一郎送坂见桂子出去而迟迟未归，大木也开始在意起来。

大木透过书斋的后窗玻璃向外观望着。战争时期建防空壕挖掘出的土高高地堆在山脚，上面已经杂草<u>丛生</u>。那草丛中遍开着紫蓝色的小花。这些杂草倒挺谦逊,几乎不惹眼。花朵也非常小,但那紫蓝色却鲜艳浓厚。瑞香花另当别论,这些紫蓝色的花儿在大木院子里最早开放,而且绽放的时间最久。这叫什么花呢?虽然算不上是报春花,可它生长在书斋的后窗旁边,大木常想手捧这碎小的花儿仔细端详一番,却从没下到后面去过。正因为如此,反倒增添了他对这紫蓝色花儿的关爱。

蒲公英比那草丛中的花儿稍迟些,也开花了。蒲公英的花期也很长。在茫茫暮色中,蒲公英花的黄色与那些小花的紫蓝色仍隐约可见。大木目不转睛地凝望了良久。

太一郎仍然未归。

满月祭

上野音子决定带女弟子坂见桂子到鞍马山参观"五月的满月祭"。这里的"五月"是指阳历,但"满月"指的当然是阴历。前一天的夜晚,月亮升上了东山清朗的天空。

"看来明晚的月亮也是明月!"坐在檐廊的音子一边赏月,一边呼唤桂子。满月祭是指参拜者将酒杯斟满酒,让圆月倒映在杯中时饮下,所以一旦阴云遮月,可就大煞风景了。

桂子也来到檐廊,将一只手轻轻搭在音子的背上。

"五月之月。"音子道。桂子没作附和,沉默了一会儿,说:

"老师,我们现在到东山的公路干道上去,或去大津那边,观赏映在琵琶湖中的月亮好吗?"

"琵琶湖中的月亮?那景色一点也不稀奇呀!"

"难道映在酒杯中的月亮,比映在宽广湖水中的月亮更好?"桂子说罢,便倚坐在音子的脚旁。

"老师,今晚的庭园夜色别有风趣哟!"桂子接着说道。

"是吗?"音子也把目光移向庭园,说道,"桂子,帮我拿个坐垫来,顺便把屋子里的灯熄灭……"

坐在檐廊边,寺中的厨房便遮挡住了视野,从这厢房只能看到中庭的景色。庭园里几乎没有园艺景致。然而,横边狭长形的庭园中,近半区域都有月光照射。踏脚石在月光下和阴影中也呈现出不同的色彩。盛开着的白色杜鹃花浮现在阴影处。时至五月仍然鲜红的枫树嫩叶虽然靠近檐廊,但在夜色下却显得黑黢黢的。春天,有不少来客将这红彤彤的枫树新芽误认为花朵,常询问"这是什么花"。庭园中还生有很多桧叶金发藓。

"给您沏壶新茶来吧?"桂子问。她不明白:这种毫无特色的庭园,为什么音子一直在专注观望呢?这是自己的住宅庭园,不管昼夜早晚,每天都身处其中,任何东西都已司空见惯了。音子面朝月光照射的那半个院子微微俯首,仿佛进入了冥想的境界。

桂子回到檐廊,一边沏茶一边说:

"老师,听说罗丹[1]的《吻》的模特儿,一直活到八十多岁啊!我曾在什么地方读过,可是脑中一浮现出那座雕

---

[1] 罗丹(1840—1917),法国雕塑家。作品的人体表现柔和而富有明暗对照,以其独特的风格奠定了近代雕塑的基础。擅长群像及肖像雕塑,创作了许多具有普遍性的人物形象。作品有《地狱之门》《思想者》等。

像，就觉得无法联想为同一个人哪！"

"是吗？那是因为桂子还年轻，所以才说出这种话。不能因为成了表现青春的名作的模特儿，就必须死于年轻貌美之时吧。那些对模特儿刨根问底的人真可恶！"

桂子省悟到自己这些不经心的话，会让音子联想起大木年雄的《十六七岁的少女》这部小说吧，但四十岁的音子仍然是美丽的。桂子若无其事地继续说：

"我阅读《吻》的模特儿的故事时，也想趁年轻的时候，拜托老师为我画一幅像留着。"

"如果我能画的话……倒是桂子自己试着画幅自画像，怎么样？"

"我怎么行呢？……自己的形象难以把握准确，即使画了，将自己内心的丑恶和盘托出，会画出一幅可憎的画像。而且，如果仅仅把自画像以写实的手法来画，别人肯定认为作者过于自负！"

"仍然想用写实绘法画自画像吗？有点矛盾哪！你还年轻，今后真不知有何变化。"

"我只想请老师为我画。"

"我若能画，当然……"音子重复说道。

"是因为老师的爱情衰退了，还是因为老师怕我？"桂子尖声说，"若是男画家，都会乐意为我画的呀。即使是裸体……"

"哦——"音子对桂子这番言辞并不那么惊讶，"你都这么说了，我就试着画吧！"

"啊！我真高兴。"

"裸体可不行哦。女人为女人画裸体画，并不是件有趣的事，尤其是我这种日本画。"

"如果我画自画像，就画与老师一起的双人图。"桂子撒娇似的说。

"以什么样的构图来组合两个人呢？"

桂子神秘地笑道："老师如果肯画我的话，以抽象手法画我即可，最好别让人看懂……不必担心。"

"我倒不会担心的。"音子喝了口清香的新茶。

这是音子去宇治田原的汤屋谷茶园写生时，人家送她的新茶。那时已开始采茶，但采茶姑娘并没进入她写生的画中。充满画面的全是些高矮重叠的圆形茶树。音子一连去了好几天，画了若干幅。由于作画时间不同，日照下茶树垄的阴影也各异。桂子也跟音子一起去了。

"老师，这不就是抽象画吗？"桂子问。

"倘若桂子来画当然是。而我全部采用绿色调，只能算是一种大胆尝试，我只希望嫩绿与老叶的墨绿，以及柔和的圆弧波形和色彩变化能够和谐。"

那幅以众多写生为素材的画稿在画室完成了。

然而，音子想画宇治汤屋谷的茶园，并不全是由于绿色波浪的浓淡色彩，以及起伏的线条撩起的情趣。与大木年雄的爱情破裂后，便和母亲一起躲到京都，在多次往来于东京与京都之间时，驻留在音子心中的，就是从火车窗口望见的静冈一带的茶园。有时是日悬中天的茶园，有时是暮色低垂的茶园。那个时候，音子还只是个女学生，当然也没有打算成为画家，只感到在茶园的景致中，被迫与大木分别的悲哀迎面而来。东海道铁路沿线也有山，也有海，还有湖，随着时间的变化，云朵也会染上感伤的色彩，但不知何故，那不惹眼的茶园，却偏偏打动了音子的心。或许是茶园沉郁的绿，以及黄昏茶垄间的沉郁阴影感染了音子吧。而且，这里是人工小茶园，而不是自然形成的，所以垄间的阴影又深又浓。另外，那圆形的茶树丛，宛如一群温顺的青羊。从东京出发之前就感到悲凄的音子，当车行至静冈一带时，她的悲哀也许达到了极点。

看到宇治汤屋谷的茶园时，音子的那种哀愁又复活了。于是她便来往其间写生。就连女弟子桂子也没发觉这种心境下的音子的哀愁吧。另外，当进入初发新芽的茶园一看，竟见不到当年从东海道火车车窗外见到的茶园的沉郁。虽然都是日本风格，但鲜嫩葱绿的新芽如今却明快油亮。

桂子阅读过《十六七岁的少女》，也听过音子坦然道出与大木相好的私房话，十分了解他们间的详情，但她仍无法察觉寄情于茶园写生的音子对旧爱的哀愁。随同来写生的桂子，喜欢上了茶树丛那重重叠叠的柔和弧线的抽象风格，可就在她一张接着一张不停地写生的时候，那写实性也渐行渐远了。音子看到那种素描，不觉莞尔。

"老师，您用的全都是绿色啦！"桂子说道。

"是呀！因为这画是采茶时节的茶园。要突出绿色的变化与谐调。"

"我正在苦思冥想呢，到底是用红色呢，还是用紫色呢？我觉得即使别人乍看不知道画的是茶园，也没关系吧。"

桂子那幅画稿也摆在画室中。

"好清香的新茶呀。桂子，你重沏一壶来。用你的抽象派风格哟！"

"抽象派风格？是浓得难以入口，味道苦涩的茶吗？"

"那就是抽象派风格？"

桂子在屋内发出天真的笑声。

"桂子，你最近回东京时，顺访北镰仓的他家了？"音子问话的口气稍显严肃。

"是的。"

"为什么？"

"新年送大木先生到京都车站时，大木先生说想看我的画，要我送去。"

"……"

"老师，我想为您复仇。"桂子沉着冷静地说。

"复仇？"音子想不到桂子能说出这句话，她大为吃惊，"你说复仇？为我？"

"是的。"

"桂子,你先到这边坐下来,我们一起品尝你用抽象派风格沏的苦涩新茶,聊聊天好吗?"

桂子默不作声,与音子促膝而坐。随后,她自己也端起了茶盅。

"啊!真的很苦,"她皱皱眉,"我重新去沏吧。"

"不必了。"音子按住了桂子的膝头,"所谓复仇,究竟是什么样的复仇呢?"

"难道老师不明白?"

"我从来没想过复仇呀。也没有怨恨!"

"到如今您还爱他……一生都持续爱下去,欲罢不能……"桂子顿了顿,"所以,我才想为老师报仇!"

"为什么你……"

"我也嫉妒呀!"

"哦?"

音子把手放在了桂子的肩上。她那娇嫩的肩膀变得僵硬而颤抖起来。

"老师,是我说的那样吧。我都懂,我讨厌那样。"

"唔!好刚烈的姑娘。"音子温和地说,"所谓复仇,是什么仇?是怎么回事?要如何复仇呢?"

桂子低着头一动不动。月光铺展在院子中的地盘逐渐扩大了。

"为什么要去北镰仓他家?连我也瞒着……"

"我想去看看使老师如此悲伤的大木先生的家庭。"

"你见了些什么人?"

"只见到大木的儿子太一郎先生。我当时想,他是否和他父亲大木先生年轻时长相一模一样。听说他大学毕业后,就一直研究镰仓、室町时期的文学。他对我非常亲切,还带我去看了圆觉寺、建长寺等古迹,还带我去了江岛呢。"

"桂子是在东京长大的,那些地方不算新奇吧?"

"是的。但以前只是走马观花而已。现在的江岛真是焕然一新了。断缘寺的故事也挺有意思哩。"

"桂子的所谓复仇,是去诱惑那位太一郎?要么是受他诱惑?"音子把手从桂子肩上抽回,"这么说来,犯嫉妒的,必然是我吧?"

"哎哟,老师犯嫉妒?我真高兴!"桂子双手环抱着音子的脖子,身子靠了过来,"嘿,老师,除了上野老师,我在其他人面前也会成为坏女孩,也会变成恶魔似的女人。"

"你带了两幅画去的吧?那也是你自己喜欢的画吧!"

"坏女孩也想给人留个良好的最初印象呀。后来太一郎先生寄信来,说我的画挂在他书斋的墙上啦。"

"是吗?"音子平静地问,"这就是为了我,桂子采取的复仇?是复仇的第一步吗?"

"是的。"

"太一郎这孩子，那时确实很幼小，大木先生与我之间的事，他一无所知呀。我对太一郎也并不在意，只是被迫分开后不久，听说名叫组子的太一郎的妹妹就出生了，这事才使我备感悲伤啊！可如今想起来，还不就是那么回事吗？那个小妹妹已经结婚了吧。"

"那么，老师，就从妹妹下手，破坏她的婚姻生活吧？"

"你说什么？桂子！不管你多么漂亮，多么有魅力，张口就开这种轻浮的玩笑，未免太自大了，你这点是很危险的呀！这可不是儿戏类的恶作剧！"

"对我而言，承蒙上野老师收留在身旁，由此，我才不感到恐惧，也不感到迷惘。假如我离开了老师，我能画出什么画呢？画作也将全部被丢弃吧，连我的生命一起……"

"请不要说得这么恐怖！"

"老师，破坏大木先生家庭那种事，您没能做出来吧！"

"不过，我当初只是个幼小的女学生……再说，大木也有了小孩……"

"倘若是我，一定会把他家搞散！"

"说是这么说，可家庭是相当坚固的哟！"

"比艺术还坚固？"

"哦。那……"音子斜侧过去的脸庞浮现出淡淡的哀愁，流露出凄切的神情，"我那个时候，还没思考过艺术是什么呢。"

"老师！"桂子转过身靠近音子，轻柔地抚弄着音子的手，"老师为什么让我去旅馆迎接大木先生，还让我到京都车站为他送行呢？"

"因为桂子年轻貌美呀。因为你是我的骄傲呀！"

"老师连对我也要隐瞒真心吗？不要嘛！我那时自始至终都仔细观察着老师，用我这双嫉妒的眼睛……"

"是吗？"音子望着桂子那双在月光下也亮闪闪的眼睛说，"我也不会瞒着你呀。不过，我不得不与他分手时，虚岁才十七哪。如今已是小腹微凸，成了中年妇女。我真的不太想与他会面。见面会让他感到幻灭的吧！"

"幻灭？怎么说是幻灭？这不该是我们要说的吧！因为我最尊敬上野老师了，所以才对大木先生感到幻灭啦。我一直待在老师身边，觉得年轻男子都有不足之处，所以认为大木先生应该是出类拔萃的人物。可是见了其人，这种幻觉竟完全破灭了。通过老师的怀念，我认为他应该比我见到的更加优秀！"

"短暂晤面，你不会了解他的。"

"可以了解的！"

"你了解了些什么？"

"不论是大木先生，还是他的儿子太一郎，都是可以轻而易举诱惑住的，我……"

"啊,你说得太可怕了!"音子的心中一震,脸色变得苍白,接着说道,"桂子,你刚刚的这种自信,我真为你感到可怕!"

"我丝毫没感到!"桂子无动于衷。

"太可怕了!"音子重复道,"这不简直就是妖婆啦?纵然你多么年轻,多么美丽……"

"如果有这种想法就是妖婆的话,那么大部分的女人也许都是妖婆!"

"是吗?桂子也是怀有这种企图,才把自己心爱的画送到大木先生那里去的吗?"

"不是。诱惑他根本不用什么画!"

音子被桂子怪异的自信气势所压倒。

"因为我是老师的入室弟子,所以才尽量挑选自己认为好些的作品带去罢了!"

"这要谢谢你了!不过,刚刚听桂子你说,在车站送行时,只是随意寒暄寒暄,你也没说送给他画,对不对?"

"那是约定了的。再说,去看看大木先生的家庭也只有这个借口吧!另外,大木先生看了我的画后,会是什么表情,会说些什么……"

"幸好他不在家!"

"我觉得他后来肯定会看画的,不过,大概他看不明白吧。"

"也不会如你所说的这样吧。"

"就拿小说来看，自《十六七岁的少女》以后，他就再也写不出更好的作品了吧。"

"这是两码事。因为那部小说我是原型，我被理想化了，所以桂子持有偏爱的眼光。再说那是部青春小说，本来就会受年轻人喜好。其后的作品，我认为对年轻的你来说，也会有比较难懂的，也会有比较厌烦的。"

"可是，现在，假如大木先生去世了，作为代表作能够传世的，不仍然是《十六七岁的少女》吗？"

"请你不要说这种令人厌烦的话！"音子声音激扬，从桂子手中抽回自己的手，膝盖也挪开了。

"您还是这么恋恋不舍吗？"桂子也厉声道，"我说了要为您复仇……"

"这不是恋恋不舍！"

"爱……是爱吗？"

"也许是吧！"

音子起身离开被月光映照一半的走廊，进屋去了。桂子仍留在那里，双手掩面。

"老师，我也觉得，献身，就是人生的意义所在！"她的声音颤抖着，"但是，对像大木先生那种人……"

"宽恕我吧！因为当时我只有十六七岁。"

"我要为老师复仇！"

"桂子，就算你为我复仇，我的爱还是不能消逝啊！"

檐廊传来桂子的呜咽声。桂子蜷身滚倒在檐廊。

"老师,您为我画吧……就如您所说,在我成为妖妇之前……求您了。裸体也可以。"

"我为你画!用我的爱情来画。"

"真开心!"

音子已经完成了好几张早产婴儿的画稿。这些画稿她都秘藏着,连桂子也还没给看过。几年来,音子一直打算创作题为《婴儿升天》的传统日本画。西洋的圣母圣子像中的耶稣以及天使,不消说她都在一些画册资料中查阅过,但所见皆显胖圆茁壮,与音子的哀愁不符。她还看了日本稚儿太子图等三四幅著名古画,虽然在情感上比西洋画更能表现端丽之风,顺合了她的心意,可画像中的太子既非婴儿,图也不是升天之图。音子的《婴儿升天》也不采取升天的构图,而是想烘托出升天的灵动。然而,这幅画要待何时才能告成呢?

因为桂子要求为她作画,音子才想起尘封已久的《婴儿升天》的画稿,但她又考虑若把桂子画成稚儿太子图那样会怎么样呢?那将是一幅极具古典风格的《圣处女像》。稚儿太子的往昔图像大概是佛画吧,可其中亦有不可言表的妖艳绘画。

"桂子,我就为你画像吧!如今,我已想好了构图。我要画成佛画那样,所以你绝不能做出那种举止不端的姿态!"音子说。

"佛画?"桂子惊愕似的坐直了身子,"我不要呀,老师！"

"让我尝试着画吧！佛画中也有不少艳丽的，我画成佛画风格，若把那画题为《某抽象画家姑娘》，岂不更有意思？"

"老师在开玩笑吧。"

"这是当真的哟。画完茶园那幅后，我就着手画你！"言毕，音子转头朝向屋内。音子和桂子的茶园画稿并排靠在墙上。这些画的上方挂着音子母亲的画像。那是音子画的。

音子将目光停留在母亲的肖像上。

那幅肖像画中的母亲很年轻，恐怕比今年四十岁的音子还显得年轻吧。音子在画这幅画时，自己的年龄是三十二三岁，也许这便成了这人物肖像的年龄。而且，也许她在不知不觉中将母亲的画像画得年轻美丽了。

坂见桂子第一次到音子家时，曾凝视着画说：

"这是老师的自画像吧！真漂亮！"音子当时没有讲那是母亲的肖像。她暗忖别人果然会将其看作是自己的自画像吧。

音子与母亲长得相像。这些相似之处大多被抽取到这幅画像中了。这大概缘于对先母的思慕吧！音子不知画了多少幅母亲的肖像。起初她把母亲的照片放在旁边，对着照片画。然而心灵相通的画作一幅也没画出来。她决定不看照片画。于是，母亲的幻影就作为模特儿坐在了音子的面前。那是比幻影更为生动的容姿。此后她连续画了好几幅。她将内心流溢出的情感倾注笔端，挥毫如飞，但时常因泪眼蒙蒙而搁笔。在如此持续的描绘过程中，音子自己也觉察母亲的肖像越来越像自己的自画像。

如今，在茶园画稿靠立的墙壁上方挂着的那幅画像，是那些肖像中最后画的一幅。音子此前所画的母亲肖像，已全部烧掉了。仅仅留下宛如音子自画像的这一幅作为母亲的肖像画，音子认为这样最好。外人也许察觉不到的哀伤，寓于凝望这幅画的音子眼中。音子与这幅画息息相通。在给这幅画定稿的过程中，音子耗费了多少光阴啊！

除了这幅肖像画，音子至今还没有画过人物画。画过的人都只不过是风景画中的点缀之类。今晚心中冒出创作人物画的念头，那是因为桂子的一再央求。音子没将长久以来一直想画的《婴儿升天》图认作人物画。然而，在尝试为桂子画像时，音子脑海中浮现出稚儿太子的图像等，从而决意画成古典风格的《圣处女像》，也许这仍与音子内心深处的《婴儿升天》有关吧！画了母亲的肖像，也准备画失去的婴儿，那么为入室弟子坂见桂子也画幅像是理所当然的吧。这不正是音子的三份挚爱吗？纵然这三份爱迥然不同，但毕竟是三份爱。

"老师，"桂子喊道，"您看着令堂的肖像画，便考虑如何画我的肖像，对吧？因为您对令堂的那种爱终究不能移植到我身上，所以不知该如何下笔作画，您是这么想的吗？"说着，便挪膝靠了过来。

"你真是生性乖戾呀。家母的这幅画，如今看来仍是不满意的哟！因为我比画这幅画时稍有进步了吧。虽然画技不高，但这是长期呕心沥血的画作，含有眷恋的因素！"

"我的画像不必如此煞费苦心哪。可以自由奔放地……"

"不可那样呀。"音子心不在焉地答道。从她开始看母亲的肖像画，便沉浸在对母亲的缅怀之中。就在这个时候，桂子喊了她。当音子回过神时，脑里又浮现出古代的稚儿太子图。虽说是"太子"，却有不少图看起来像是美丽的幼女像，或是美少女像。那当属"稚儿"。这些画虽有佛像画的高雅气质，但仍艳丽。这也许象征着在女禁森严的中世僧院中的同性恋——对美少女般的美少年的憧憬。音子要画桂子的肖像，首先浮现在脑海中的也是稚儿太子图的构图，也许她的内心也潜藏着那种情愫。稚儿太子的发型可以说犹如当今童女的刘海短发吧。然而，那种典雅华丽的锦绣和服套装如今已寻求不到了。唯一的办法只有将能乐[1]的戏装之类加以改裁吧。但不管如何模仿稚儿太子的构图，作为新潮姑娘的桂子在画像中穿这样的衣服，都是过于古旧老套吧！音子又浮想起了手边岸田刘

---

1 能乐，日本演艺之一。合着笛、鼓等的伴奏，边唱谣曲边表演，演员多戴假面。室町时代（通指1336年至1573年）由观阿弥与世阿弥完成。

生[1]所绘的《丽子像》。作者显然受了丢勒[2]的影响，不论水彩画或油画作品，都是风格典雅端正的工笔淡彩画，也有像宗教画的。然而，音子看过他的一幅珍品画作。那是画在对开宣纸上的素描淡彩图。图中的丽子是裸体。腰间只缠着红色的浴衣，端坐着。音子曾想，这幅画算不上名作之流，可刘生为何将自己的女儿的画像画成此种风格的日本画呢？他的作品中也有相同构图的西洋画。

正如桂子所说："裸体也无妨！"索性将桂子也画成裸体又如何？况且也不是没有袒胸露乳的女佛像。然而，以裸体模仿稚儿太子图的构图，发型怎么处理为好呢？小林古径[3]有幅叫作《发》的名作，画中的秀发清丽无比，可桂子画像的发型必须与之截然不同。音子思前想后，越发觉得自己心力不及。

"桂子，该休息了吧！"音子说。

"这么早？难得月色这么美……"桂子转身看房内的座钟，说道，"老师，差五分才到十点呢！"

"觉得有点累了！我们躺下再聊不好吗？"

---

[1] 岸田刘生（1891—1929），日本西洋画画家。以深厚的内省力和细腻的描写力将东洋之美表现于油画中。作品有《凿开的写生》《丽子像》，著有《刘生画集及艺术观》等。

[2] 丢勒（1471—1528），德国文艺复兴时期画家、版画家。在风景、静物、人物、宗教画中，体现了极强的写实力和思想性。作品有油画《四圣图》《自画像》和版画《启示录》等。

[3] 小林古径（1883—1957），日本画家。大正、昭和时代日本画坛的巨匠，确立了端正而简洁的画风。作品有《温泉》《发》《孔雀》等。

"好吧。"

音子在镜前擦脸的当儿,桂子铺好了二人的床铺。她做这些杂事十分麻利。音子离开后,桂子接着到镜前卸妆。她弯下细长的颈子,凝望着镜中的脸蛋儿。

"老师,我的面相好像不适合佛画!"

"只要作画的人怀着宗教心来画就可以了!"

桂子将发卡全都取下,甩了甩头。

"把头发都解开了吗?"

"是的。"桂子梳理着垂下来的头发。音子从床铺上望着她问道:

"今晚把头发全解开了睡?"

"我觉得好像有点味。刚才如果洗一洗就好了。"桂子握着后面的头发在鼻下闻着。

"老师,令尊过世时,您几岁?"

"十二岁呀。你问了好多次,不是已经知道了吗?"

"……"

桂子关上拉门,再关上与画室之间的隔扇,然后钻入音子旁边的被窝。两个铺盖连在一起,当中没有空隙。

最近这四五天,二人没关防雨木板套窗就睡着了。面朝庭园的纸拉门在月光下蒙蒙透亮。

——音子的母亲死于肺癌。

"音子,你还有位同父异母的妹妹哟。"母亲还未交代清楚就断气了。音子至今仍不知详情。

音子的父亲生前是做生丝绸缎等生意的贸易商。在他的告别仪式上，有很多吊唁者到灵位前上香祭拜。这也是通常的惯例，可音子的母亲注意到，其中仅有一位像是混血的年轻女子与众不同。当那名女子上完香，对遗族行礼致意时，可以看出那双哭肿的眼睛似乎用水或冰冷敷过。音子母亲的心头一震。她向站在遗族席旁丈夫生前的秘书使下眼色让其过来。

"刚才那位似是混血的女子，你马上去接待处查一下她的姓名和住址。"她耳语吩咐秘书。之后她让秘书按那地址去调查，得知那名女子的祖母是加拿大人，与日本人结婚，国籍也是日本，但毕业于美国人的学校，目前从事翻译工作。说是与中年的女佣同住在麻布区的一处小房子里。

"她没有小孩吗？"

"听说有一个小女孩。"

"你见到那孩子了吗？"

"没有，是从邻居那里听说的。"

音子的母亲认为那女孩肯定是丈夫的孩子。要查出真相的方法很多，她却只是等待那名女子找上门来说点什么。然而，她没来。过了半年多，音子的母亲听秘书说，那位混血女子带着那个小孩结婚了。从秘书的口气中，音子的母亲还晓得了那名混血女子就是丈夫的情妇。丈夫已经去世，随着时间的流逝，音子母亲的嫉妒与愤懑也都淡薄了。她甚至动了把那女子的小孩收养过来也未尝不可的念头。如果那女子带着小孩结了婚，那幼小的孩子在成长中就要将女子的丈夫作为生父吧。那么，自己丈夫的孩子就会确信那位与她没有血缘的男人是她的父亲。音子的母亲感觉犹如失掉贵重宝物似的。她不光因为音子是独生女才有如此想法的。然而，她当然不能向十二岁的音子坦陈父亲金屋藏娇，并有了孩子这些事。母亲面临死亡时，音子也已经到了可以接受家中私事的年龄。母亲在弥留之际的痛苦中陷入迷茫懊恼，但最终仍旧没说出口。因此，音子至今做梦也没想到还有这样一位异母胞妹。那位异母胞妹状况如何呢？也已经到了可以坦陈家私的年龄了吧。若一切安顺，也许已经结婚，甚至也有了孩子。但是，对于音子而言，可以说有没有这位异母胞妹并无区别……

"老师！老师！"桂子摇醒了音子，"您做的什么噩梦？显得这么难受……"

"啊！"音子喘着粗气，桂子抚揉她的胸口。接着，桂子支起一只胳膊肘，撑起半个身子。

"桂子在看我做噩梦吗？"音子问。

"嗯。也就一小会儿……"

"唉！那人真讨厌。梦里的哦。"

"是什么样的梦呢？"

"我梦见了绿色的人。"音子的声音还没有平静下来。

"穿绿衣服的人吗？"桂子询问。

"不，不是穿着的衣服，好像身体是绿色的！手也是脚也是。"

"是青面的不动明王？"

"别吓唬我哦。不是像不动明王那种可怕的长相，而是一个绿色的人，飘飘悠悠地在床铺边绕着转！"

"是女的吗？"

"……"

"是个好梦，老师，这是好梦喔！"

桂子用手掌挡住音子睁开的双眼使其闭上，用另一只手拿起她的一根手指放进嘴里咬了一下。

"好痛！"音子完全醒了过来。

"老师，您说过给我画像的吧？是不是您把画中的我，与汤屋谷茶园的绿色混在一起了？"

音子对解梦的桂子说道：

"是这样吗？你都睡着了，还能绕着我飘忽不定地打转？真可怕呀！"

桂子把脸蛋儿沉落在音子胸口，稍显轻狂地哧哧笑道："这明明是老师情系绘画喽……"

翌日，两人赶在黄昏之前登上了鞍马山。寺院内已经聚集了许多信徒。五月的白昼虽长，可暮色也从周围的山峰、高耸的林木之间降临了。京都城那边的东山上，满月已经升起。殿堂前左右两边已燃起了篝火。僧侣们来此，开始诵经。高僧披着猩红色的袈裟。

"赐予我们光荣的力量，新生的力量……"信徒们跟着高僧一起咏诵。还有风琴的伴奏。

信徒们个个手持点燃的蜡烛行进。堂前正面放着一只银色大杯，杯中盛满了水。水面正映出满月。行进的信徒们一个个伸出手掌，待那杯中水倒进掌心后而饮下。音子和桂子也依样而做。

"老师，回到家后，不动明王的绿色脚印，一定会印在我们房间里哦。"桂子说。山上的情形如此这般。

梅雨天

大木年雄写小说感到倦乏或思路不畅时,便会躺在走廊的睡椅上小憩。若是在午后,大都会就那么躺着睡上一小时或一个半小时。养成这种午睡的习惯是近一两年的事。以前这种时候,他都是出去散步。然而,住在北镰仓时日已久,圆觉寺、净智寺、建长寺等寺院,以及附近的小山冈,早已成为他了如指掌的景观。而且,习惯早起的大木,清晨也做一次短暂散步。他生性就是醒来必然起床。其实,这早起散步还可让女佣无拘无束地做晨间打理和其他准备。另外,晚饭前他还有一次时间稍长的散步。

书房外的走廊设置得比较宽敞,在一个角落里摆了张书桌。大木写作时,有时坐在书房的榻榻米上,有时则坐在走廊的椅子上。那走廊还备了舒适的睡椅。往这把睡椅上一躺,工作难以进展的烦恼立即消失殆尽。这实在是不可思议。大木工作期间,夜晚也只能浅睡眠,还常常做些与工作有关的梦,偏偏在走廊的睡椅上能很快入睡,而且万事皆消,睡得甚是香甜。年轻时他没有午睡的习惯。每天午后几乎都有客人来访,络绎不绝,也不能够午睡。那时他写作都在夜晚。大概从半夜写到拂晓。因为后来把夜间工作转至白天,所以也慢慢午睡了,但午睡的时间却不固定。写作不顺畅的时候,就是他躺在睡椅上的时候。有时会在午前睡,也有时会在接近黄昏的时候睡。在白天工作,很少出现夜间工作时一疲劳就走神的现象。

"思路一不通畅便躺倒午睡,不正是证明自己也年衰了吗?"大木曾这么想,"然而,这可真是魔法睡椅呀!"

走廊的这张睡椅,不管什么时候,大木只要往上一躺便能睡着。而且,醒来后即能达到安歇后神清气爽的那种状态。写作不顺时,还能发现新的思路,这种情况屡见不鲜。这睡椅真神奇。

如今已进入了梅雨季节。这是大木最厌烦的季节。北镰仓虽与镰仓海之间隔着丘陵,有着相当的距离,但大海袭来的湿气仍然很重。天空也低垂下来。大木感到右额上部因厚钝的阴云而发木,大脑褶皱似乎要发霉。有时他竟上午与下午一天两次躺在睡椅上了。

"一位京都叫坂见的客人来见。"女佣来通报。

大木刚刚醒来,仍躺在睡椅上。女仆看他没有回答,便说:

"可以回绝她,说先生正在休息吗?"

"不。是位小姐吧?"

"是。以前来过一次……"

"先把她带到客厅去。"

随后,大木又将头沉落回去,闭上了眼睛。午睡之后,梅雨季节带来的倦意也减轻了,但坂见桂子来访的消息使大木顿时像冲过澡一般清爽起来。大木起身,真的用水洗了把脸,又用水擦了身子。然后,他才来到客厅。桂子见到大木,当即离开椅子站起来,飞红了脸。这是大木没有料到的。

"欢迎你来!"

"突然造访……"

"哪里!今年春天你来时,我到附近山丘上散步去了。要是你多待一会儿就好了。"

"那次是太一郎先生送我的。"

"我听说了,他带你转了转镰仓的一些地方吧。"

"是的。"

"你是在东京长大的,所以镰仓这等地方并不稀奇呀!而且比起京都、奈良来,镰仓没有什么值得看的地方吧?"

"……"桂子盯着大木的脸说,"海面上沉落的夕阳好漂亮呀!"

儿子竟然带桂子到海边去了!大木十分震惊,却说:

"从元旦早上你到京都车站为我送行算起,至今已有半年了吧!"

"是的。先生，半年很长吧？先生认为很长吗？"

大木不明白桂子奇妙问话的用意，便回答道：

"要是觉得长它就长吧，要是说它短它就短哩！"

桂子的神情似乎是嫌这回答太无聊，脸上也毫无笑意。

"比方说，假设你有位恋人，半年都没见面，会感到很长吧！"

"……"桂子仍然像刚才一样板着脸。她脸上只有那发出青光的眼神仿佛直逼大木而来。大木有点心神不安了。

"胎中的孩子，怀了半年，便在腹中躁动了呢！"即使他说出这种话来，桂子也没有害臊。

"季节也由冬天转为夏天啦！如今是我最憎厌的梅雨季节……"

"……"

"关于时间，自古以来各种人都做了哲学性的思考，却似乎没有一个众人认可的答案。'时间可以消解一切'这种世俗观念，虽然是极为强势的，但我对此也持怀疑态度。还有，桂子小姐是如何看待'人死后便一了百了'这种说法的？"

"我还不是那种厌世的人呢！"

"这与厌世观不同。"大木像是对情绪稍加控制地说道，"当然，我的半年与年轻的桂子小姐的半年，虽是同样的时间，实质却大有不同吧！又例如，患了癌症那种绝症，只能存活半年的人，与他们相比又有所不同吧。还有，因意想不到的交通事故等而瞬间丧命的人，以及战争……即使没有战争，也有被人杀害而丧命的。"

"先生不是艺术家吗？"

"仅仅留下给后人耻笑……"

"让人耻笑的作品是不会流传下来的。"

"是吗？若是那样倒也万幸，但也并非尽然哟。如若按你所言，我的东西将会全部消失喽。对我而言，倒是挺好的。"

"您怎么这样说……先生，您将我老师的事情写入《十六七岁的少女》，那本书是会流传后世的，难道您不知道吗？"

"又是《十六七岁的少女》。"大木的脸变得阴沉，"你是音子小姐的弟子，连你也说这个？"

"因为我就在音子老师身边哪！抱歉！"

"不，其实也无所谓……真是无奈……"

"大木先生，"桂子突然神采飞扬起来，"与音子老师的事情之后，先生又恋爱了吧？"

"是呀。哦，有过的。也许没成为像音子那时的悲剧，不过……"

"那您为什么没把那些写出来呢？"

"这，这个……"大木稍作踌躇，才说，"当初她就说不要写她，一旦约定好，也就一直都不能写喽！"

"哦？"

"作为作家，也许是松懈啦。再也不能激发出像写音子小姐时那股年轻的热情啦！"

"若是我的话，先生怎么写都没关系。"

"哦？"大木大为吃惊。至今为止，桂子在大年夜作为音子的使者到京都旅馆来接他一次，元旦到京都车站送他一次，再加上今天来北镰仓家中访问一次，总共仅仅见了三次。其实这还算不上是正式的会面。这样怎么能够写出桂子呢？最多只能在小说虚构的人物中，借用桂子美丽的容貌吧！说起桂子曾与儿子太一郎竟然去过镰仓的海岸，那时候有没有发生什么事呢？

"那我也算是有个理想的模特儿了。"大木望着桂子，想借着笑来应付过去，可那笑意却被桂子妖艳目光的娇媚化解了。桂子双眼水汪汪的，宛若含泪。大木没有再说下去。

"上野老师答应为我画像。"桂子说道。

"是吗？"

"今天我又带来一张画，想请先生过目。"

"是吗？我对抽象画不甚了解，这个房间太小，请到客厅打开看吧！上次送的两幅画，我儿子挂在书斋里啦。"

"今天他不在家吗？"

"哎，今天是他先到研究室，再去私立大学授课的日子。内人去观看净琉璃木偶戏[1]了。"

"就先生一个人在家,太好啦!"

桂子用若有似无的声音说罢,径自向门口走去。她把放在那里的画拿到客厅。画装在简单的白木画框中。画面以绿色为基调,在自己所好之处大胆地施加各种色彩,整个画面好像在起伏波动着。

"先生,这幅画对我来说,就是写实性的,画的是宇治的茶园。"

"噢?茶园……"大木凝视着画面说,"真像是波涛起伏的茶园呢。这是朝气蓬勃的茶园。我看第一眼时,还以为是一颗心正激情燃烧起来的抽象画呢。"

"我真高兴啊,先生。即使您这样认为……"桂子跪在大木的后面,下巴似乎搭在大木的肩膀上了。一股甜蜜的气息温暖地袭上大木的发间。

"大木先生,您能从这幅画……从这幅画感受到我的心在波动,着实令我高兴呀!"桂子又重复说了一遍,"若作为茶园画,还是平庸的吧……"

"你还很年轻哩!"

"到茶园去写生,那是确实去了的,但我把它们视为茶树,视为茶田的田埂,仅是在开始的半小时、一小时里

---

[1] 净琉璃木偶戏,日本传统舞台艺术,起源于江户时代,融合了说唱、乐器与木偶剧多种艺术形式。

而已。"

"是吗?"

"茶园是静止的。不过,那新绿的圆润起伏的波状重叠,宛如动态的浪涛打来,我就画成了这个样子。这可不是抽象画哟!"

"茶园在新芽时期,还是朴素的。"

"先生,我还不懂得朴素是什么!无论在绘画方面,还是在情感方面……"

"情感上也是……"大木一回过头,一只肩膀碰到了桂子胸部的凸起处。桂子的一只耳朵呈现在他眼前。

"说出这种话,这只美丽的耳朵很可能会被割下来哟!"

"我绝不是凡·高那种天才,不会割下自己的耳朵,除非有谁把它咬下来……"

"哦?!"大木大为吃惊,猛然转回肩头,使得后面几乎贴着大木跪坐的桂子差点歪倒,她急忙抓住了大木。

"所谓的朴素感情,我真的特别讨厌。"桂子保持着这种姿势说道。大木如果在手臂上稍一用力,桂子必然倒在他的膝上。那将形成仰着胸待吻的姿势。

然而,大木的手臂没有动弹。桂子也还保持着原来的姿势。

"先生。"桂子细声轻唤,盯视着大木。

"耳朵的形状可爱而漂亮,可侧脸却美得带点妖气呢。"大木说。

"真高兴！先生如此说我。"桂子细长的粉颈，染上微微的红晕。她继续说：

"您的话我将终生难忘！但是，先生所夸赞的美丽，能持续到何时呢？如此想来，就觉得做一个女人，真悲哀啊！"

"……"

"被人看会觉得难为情，但让先生这样的人看，却是女人的幸福啊！"

大木对于桂子如此热情的话感到吃惊。但假如作为处在相爱场合的话语，便一点也不值得惊奇吧！

大木用略为正经的语气说：

"我也感到幸福呀。你还有很多美丽的地方吧！"

"是这样吗？我在绘画界只是个无名小辈，不是模特儿，所以不知道啊。"

"画家可以公然以人体作为模特儿，但作家却不能。这一点，有时令人心中不平啊。"

"假若我能对您有用，那就请……"

"那可是求之不得的……"

"先生。如果小说的模特儿是我，先生无论如何描写我都无所谓，刚才我已经说过了吧。可是，先生的幻想和空想，比我的实际状况更加美丽，这点虽然有些悲哀，但也无所谓。"

"是抽象性的呢，还是写实性的？"

"那就悉听尊便喽……"

"不过啊，美术的模特儿与文学的模特儿，有着根本上的区别呀！"

"我十分清楚。"桂子眨着浓密的睫毛说，"不过，说起我的茶园画，虽然有点幼稚，但它不是描绘茶园的画呐！也不是自然的写生，而是变成描绘自己的了……"

"任何画作，都是如此呀！不限抽象或具象。然而，美术领域中，若不是人体，就不能叫作模特儿吧！小说的模特儿也仅仅指人而言。风景呀花儿呀，无论怎么写，也不能叫作模特儿。"

"先生，我是人哪！"

"是个美人儿。"大木伸手托着桂子的肩，将她扶了起来。

"美术模特儿，即使是裸体作品，也只是摆个姿势即可，但小说的模特儿如果仅限于此的话……"

"我明白。"

"可以这么说吗？"

"可以。"

大木被年轻桂子的大胆气势所压倒。

"你的面容，也许能够借用在小说中的姑娘身上……"

"那可没什么意思。"桂子立刻妩媚地说道。

"女人真不可思议！"大木倒像避开话锋似的说，"竟有两三个人以为写的是自己，深信自己就是那部小说中的模特儿。可是作者并不认识她们，也没见过她们，是与小说毫不相干的女人……她们是如何幻想的啊！"

"我认为身世堪悲的女人太多了，所以才会陷入那种幻想，聊以自慰吧！"

"不是脑筋有问题吗？"

"女人的脑筋是很容易出问题的。难道先生不能使女人的脑筋出问题吗？"

桂子语出突然，大木穷于应答。

"先生在静观女人脑筋出问题吗？"

"嗯？"大木又语塞了，他将话题引开，"不过啊，小说中的模特儿与美术的模特儿不同，小说的模特儿，怎么说呢，那可是无偿的牺牲哟。"

"我最喜欢做出牺牲呀。为一个人牺牲，也许这就是我人生的价值吧！"

大木没料到桂子能接着说出这种话来。

"对桂子小姐来说，这可是太过任性的牺牲吧。反过来说，你像是在谋求对方的牺牲……"

"不，先生，不是那样的! 牺牲的根源是爱，是憧憬！"

"桂子小姐，现在你所为之牺牲的人，是音子小姐吗？"

"……"

"是吧？"

"或许是，但音子老师是女人。女人为女人牺牲的生活，不会是纯洁无瑕的呀。"

"哦？我不明白。"

"有二人俱毁之虞……"

"二人俱毁……"

"是的。"

"……"

"即使有一点点迟疑，我都讨厌！五天也好，十天也罢，我希望完全忘掉自己。"

"就是结婚，也难如此呀。"

"说起结婚，此前机会多的是！但结了婚，那种忘我的牺牲便不会再有了。先生，我是讨厌回顾自己的。刚才也说过，我最讨厌什么朴素的感情了。"

"遇到所爱的人，四五天后就只能自杀，这类话还是不要说吧。"

"真的，我丝毫不畏惧自杀。比自杀更讨厌的，是失望与厌世。即使先生勒住我的脖子，也是幸福的啊。对啦，在那之前，我想先做先生的模特儿……"

大木年雄当然会怀疑桂子是来诱惑自己的。能否将桂子定为妖妇，仅凭今天的表现是不能断定的，但大木认为她若作为小说的模特儿，倒像是一位饶有风趣的姑娘。不过，倘若爱上桂子再分别的话，则有可能像《十六七岁的少女》中的音子那样，再度发生进入医院精神科的那种事。

今年早春，坂见桂子带着自己的两幅画《梅》与《无题》来访时，大木出去散步，正从北镰仓的山丘观望晚霞而不在家中，儿子太一郎会见了她。太一郎出去送她，但据桂子今天所言，太一郎不是送她到北镰仓车站，好像二人竟观看镰仓海景去了。显然，太一郎被桂子妖媚的魅力俘获了。

"然而，儿子不成。他会被桂子毁掉的！"大木心想，"这不是年龄差距的嫉妒！"

桂子对大木说：

"这幅茶园画，如蒙先生放在书斋中，那我该多么荣幸啊！"

"嗬，就那样办吧！"大木应付似的答道。

"我想请您在晚上的幽暗中看它一眼，如此一来，茶园的色彩便会消沉黯淡，我任意涂上的颜色便会浮现出来。"

"嗯？也许会做奇妙的梦呢。"

"什么样的梦呢？"

"噢，年轻的梦吧！"

"我好高兴！您说了令我无比高兴的话。"

"你不是正年轻吗？茶园里圆形波纹的重叠，该是音子小姐的情分，那些想象不出为茶叶的新绿，该是桂子小姐吧！"大木年雄说道。

"先生，哪怕一天也可以……以后撂在先生的柜子角落里任凭尘封也行。反正是幅拙劣的画。过后我会来用小刀划碎它。"

"嗯?"

"真的呀!"桂子显露出不可思议的温顺表情说,"虽是拙劣的画,即使只放一天也好,在先生的书斋里……"

"呃。"

大木一时无言作答。桂子默然垂首。

"这种古怪的画,先生能真为它做一次梦吗……"

"实在不好意思,受这幅画的诱惑,也许不会梦见画,反倒会梦见你吧。"

"请便,无论是什么样的梦……"就连泼辣的桂子也晕红了美丽的耳朵,"不过,先生,您并未做过什么足以梦见我的事情呀。"桂子抬眼凝视大木的当儿,那双眼竟湿润起来。

"哪里的话。上一次,你送来两幅画时,我儿子原本直接送你到那边的北镰仓车站即可,可他竟然送你到镰仓的海边了吧。今天让我来送你,好吧?家中谁都不在,所以也没法留你吃晚饭,我就叫来了车子。"

车子穿过镰仓市区,奔驰在七里滨海岸。桂子一声没吭。

梅雨中的相模湾,大海与天空都是一片灰蒙蒙的。

大木让车子在江岛海滨乐园就地等候,便下了车。

他们买了乌贼与竹荚鱼等海豚的饲饵。海豚从水中跳上来，叼走了桂子手中的那些饲饵。桂子的胆子大了起来，逐渐举高了手中的饲饵。海豚也越跳越高，腾身扑向饲饵。桂子完全像个小女孩似的兴高采烈，连下起雨了也浑然不觉。

"趁雨还不大，我们走吧！"大木催着桂子，"你的裙子都有点湿啦。"

"啊！真开心。"

乘上车后，大木说：

"在这附近，就是伊东温泉前面一点，时常有海豚成群结队而来哩。据说赤着身子的男人们将它们赶到海岸边，抱住后捉回来。海豚极怕痒，只要搔它的腋下它便瘫软了。"

"哟！"

"小姐会怎么样呢？"

"先生真讨厌。我会乱闹腾，用力抓挠的吧！"

"还是海豚乖啊！"

车子抵达了山上的旅馆。眼前的江岛一片灰色，左面的三浦半岛也朦朦胧胧。梅雨的雨滴稍微变大了些，但四处仍笼罩着梅雨期特有的雾霭。附近的松林也模模糊糊的。

进入房间，两人的衣服全都粘在身上了。

"桂子小姐，我们回不去了。"大木说，"这样的水雾，开车很危险！"

桂子颔首。她那般不以为然的神情，令大木愕然。

"身上潮乎乎的,晚饭前必须擦擦身子……"大木用手抹了把脸说,"桂子小姐也像海豚一样,让我试试好吗?"

"先生,这话有点过分了吧?把我与海豚相提并论……我难道该受这种侮辱吗?捉海豚玩儿……"桂子单肩斜倚在窗栏上,接着说,"晦暗的海!"

"是我不好,对不起。"

"起码,也得说句'我想好好看看你'什么的……或者默不作声地把我抱起来就走……"

"你不会反抗吗?"

"不知道……但玩捉海豚可就过分了。我不是老于世故的厚脸皮。难道先生也这么堕落了吗?"

"堕落?"大木甩了句话,便走进了浴室。

大木一边淋浴,一边把浴缸稍作清洗,随后又向浴缸里放好了热水。他用毛巾擦了擦身子,就头发蓬乱地走了出来。

"请吧!"他没看桂子,说道,"已经放好了新的热水。大概足有半缸了吧!"

桂子板着脸望着海面。

"现在已变成浓密的雾雨了,附近的小岛和半岛全都模模糊糊……"

"你觉得悲凉吗?"

"海浪的颜色也令人生厌!"

"身上湿漉漉的,会使人心烦吧。热水已放好,去洗个澡吧！"

桂子点点头，走进了浴室。一阵寂静，也听不到洗澡水的声音。然而，桂子走出浴室时脸是洗过的，她坐在三面镜子前，打开了手提包。

大木凑近她的身后说：

"虽然我冲了头，但什么护发的东西都没有，头发乱糟糟的。发蜡倒是有，但我讨厌那气味！"

"先生，这香水可好？"桂子递给他一只小瓶子。大木闻了闻，说：

"都抹过那个发蜡了，还要再洒上这香水？"

"只要洒上一点点就可以啊。"桂子笑了。

大木抓住桂子的手，说道：

"桂子小姐，你不用化任何妆……"

"痛，好痛呀！"桂子转过脸说，"坏先生！"

"桂子小姐的素颜最好看。那皓齿娥眉，真漂亮！"大木的嘴唇凑上桂子红嫩的面颊。

"哎哟！"

化妆镜前的椅子倒了。桂子也倒了。大木的嘴唇重叠在桂子的嘴唇上面。

一个长吻。

大木喘不过气来，才把脸稍微移开。

"不，先生，再长些……"桂子拉住了他。

大木暗自吃惊。

"海女也不能憋那么久啊！会晕过去的。"

"就让我晕过去吧……"

"女人倒是能憋气！"大木借着嬉戏逗耍，又将嘴唇凑上去了。过了好长时间，大木又觉得喘不过气来，才抱起了桂子。他把桂子放到床上让她躺下。桂子含胸蜷腿，缩成一小团。

大木要展开她的身子，桂子虽然没有什么反抗，但还是费了相当的工夫。在这段过程中，大木判明了桂子不是处女。而且，大木动作稍一粗野，桂子便在下面悲哀地呼喊道：

"老师，老师。"

随后她又呼喊："上野老师！上野老师！"

"嗯？"大木原先以为呼喊的是自己，当发觉桂子其实在呼喊音子时，便戛然而止了。

"你喊什么？你喊上野老师？"大木的声音蕴含着扫兴。桂子不作答，推开了大木。

点景石·枯山水

京都寺院的点景石庭园，有好几处留存至今仍颇著名。主要处所有西芳寺的石庭、银阁寺的石庭、龙安寺的石庭、大德寺大仙院的石庭、妙心寺退藏院的石庭等。其中，龙安寺的石庭不仅名气最大，而且在禅学或美学上，可以说几乎被神化了。当然，这不是毫无理由的。此庭园既是无与伦比的名作，而且主石与配景亦保存完整。

上野音子对这些古迹每一个都多次观览，并全部记在脑中。但是，今年她以绘画的心情，梅雨季刚过，便每天去看西芳寺后院的石庭。她认为这座石庭不是作为女子的自己能够描绘的。她是想去感触石庭的"力"。

作为石庭，它难道不是历史最古老、且刚劲有力的吗？音子觉得画成也罢，画不成也罢，那都是无所谓的。与下面优雅的苔寺[1]庭园相比，后山的石庭的确是大相径庭啊！如果没有从下面上来观景的游客，音子真想与点景

1　苔寺，日本京都西芳寺的俗称。

石就这么相对而坐。她把写生簿铺展开来，也许是为了使过往的游客不至于对自己盯着石庭踱来踱去而感到怪异吧。

西芳寺于历应二年（1339年）由梦窗国师[1]翻修，他整修塔堂，掘池造岛。据说山巅的缩远亭为引导人们观赏京都街景之处。那些建筑都已湮灭。庭园也因洪水等灾变而荒废，不知重修了多少次。现在的枯山水，据说是沿着昔日去山上缩远亭的石磴而建造的，仿佛表现出了瀑布与流水的意境。因为全是点景石，所以才原样保留着古老的风貌吧。

后来，千利休[2]的次子少庵也曾隐居于此，但音子无心厘清那些历史及考证之类，每每往来就只为了观览点景石。年轻的桂子就像是音子的跟班似的随同而来。

"老师，点景石不都是抽象的吗？"桂子说，"以画而言，有稍微类似塞尚[3]的《埃斯塔克海湾》那张岩石画

---

[1] 梦窗国师，即梦窗疏石（1275—1351），日本镰仓末期、室町初期的临济宗僧人。因得后醍醐天皇、足利尊氏尊信皈依佛门，创建了天龙寺等不少寺院，该宗门流派得以兴隆。著有《梦中问答集》等。

[2] 千利休（1522—1591），日本安土桃山时代的茶人。千家流茶道的始祖，法名宗易。确立了草庵风格的茶室构造，集茶道之大成。天正十三年（1585年）正亲町天皇赐号"利休"，从而确立起其天下第一的地位。后因触怒丰臣秀吉而剖腹自杀。

[3] 塞尚（1839—1906），法国画家。其创作超越了印象派绘画的客观感觉性，以严格的画面结构和丰富的色彩表现，给20世纪绘画以极大影响。被称为现代绘画之父。作品有《圣维克多山》《大浴女》等。

中的那种刚劲强健的吗？"

"桂子，你知道的倒不少呢！不过，那不是天然的石山吗？虽说它没有一般所说的山那么高大，却总是海岸的岩石群哪……"

"老师，如果把这种点景石入画，会成为抽象画呀。以写实的笔法描绘这种群石，我是无能为力的。"

"是吗？我也没说要画……"

"我用流畅而粗犷的笔法来试试吧？"

"也许那样会好些。上一次茶园的画很有意思，具有青春活力。那张画你也带着去送给大木先生了吧？"

"对。如今，也许已被他太太撕碎或销毁了……我与大木先生在江岛的旅馆同宿了。他说要玩什么捉海豚的游戏，我觉得大木先生也堕落了，但我呼唤出上野老师的名字时，他便突然消沉了……大木先生如今对我的老师既有爱，也有悔啊！我真有点嫉妒了……"

"和大木先生……你打算做什么呢？"

"我想破坏他的家庭。为我老师报仇。"

"报仇……"

"我讨厌老师至今仍深深地爱着大木先生。受了那种罪，还在爱着他。女人的痴情……我是很讨厌这点的呀。"

"……"

"这是我的嫉妒嘛。"

"嫉妒……"

"是嫉妒嘛。"

"因为嫉妒，竟去江岛旅馆与大木先生同宿？假如，我还爱着大木先生的话，嫉妒的难道不应该是我吗？"

"老师，您真的嫉妒我吗？"

"……"

"如果这样，我倒高兴！"桂子写生点景石的行笔变快了，"我在旅馆里没有睡着。尽管如此，但大木先生似乎舒舒坦坦地沉睡了。我讨厌五十多岁的男人……"

音子忐忑不安，虽然她想知道旅馆是双人床还是单人床，但没有询问。

"一想到如今也能轻而易举地勒住熟睡中的大木先生的脖子，我就开心死了，真开心……"

"唉！好危险。你这人真可怕。"

"仅仅是这么想过而已。即使只是想想，我就开心得睡不着觉了。"

"你说的这些都是为我而做的吗？"音子写生点景石的手有点颤抖起来，"我可不认为是为我做的！"

"是为了老师啊。"

事到如今，音子才对桂子的古怪性格感到恐惧，她说：

"桂子，请你别再到大木先生的家里去了。真不知会发生什么事情啊！"

"老师，您当年住院时，就未曾有过杀死大木先生的念头吗？"

"没有呀。当时我确实精神失常啦,但未曾想过要杀人……"

"您不憎恨大木先生,是对大木先生爱过头了吧?"

"对我来说,还有孩子等事……"

"孩子……"桂子穷于言辞,便问道,"老师,拿我来说,不是也能为大木先生生个孩子吗?"

"哎?"

"这样一来,也不就把大木先生给葬送了吗?"

音子犹如受到沉重打击似的盯着女弟子。从这细长的颈项、漂亮的侧脸中,竟说出如此可怕的话来。

"那当然能生啦!"音子控制住自己的情绪,"你难道变得不知道自己是谁了?即使你生了大木先生的孩子,我也已经无所谓了。可是,一旦生下孩子,你就不会这么说了。你会变个样的!"

"老师,我不会变的。"

在江岛的旅馆与大木同宿,桂子到底做了些什么呢?只听桂子的话语本身倒没什么特别,但从她说话时的神色来看,音子感到她可能有事相瞒。桂子说什么嫉妒啦、报复啦这等过激的话,不就是掩饰着什么吗?

然而,音子刚一想到自己至今还为大木年雄而嫉妒,便合上了双眼。点景石形影不离地残留在她的眼底。

"老师,老师!"桂子抱住音子的肩膀,"您怎么了?突然脸色苍白。"

随后，桂子用力掐了一把音子的腋下那里。

"痛，好痛呀！"音子打了个趔趄，单膝跪倒在地上。桂子将她抱起来，说：

"老师，我心中只有音子老师，只有音子老师。"

音子默不作声，拭去额头上的冷汗。

"桂子，你说出那种话来，是不会幸福的呀！一辈子都不会幸福……"

"我管它什么幸福不幸福，我丝毫也不畏惧！"

"由于你年轻、漂亮，所以能够说出这种话，但是……"

"上野老师能把我留在身边，我就幸福！"

"我很感激你，但我也是女人呀！"

"男人呀，是我最讨厌的……"桂子断然说道。

"不能这样呀。果真如此，日子越长越……"音子悲戚地说，"连画风也会大变的呀。"

"老师的画风千篇一律，我最讨厌……"

"你最讨厌的事这么多？"音子稍微平静了些，"桂子，把你的写生簿给我看看。"

"好的。"

"这个，是什么？"

"您真是的！老师，这不就是点景石吗？您仔细看看……因为我画了不能被画出的东西。"

"哦！"音子端详着这幅画，脸色又变了。当然，水墨单色的写生，乍看是看不出画的什么，但总觉仿佛有奇异的生命呼啸而来。这是桂子的画中从来都没有的。

"果然，在江岛的旅馆里，你与大木先生产生了激情吧。"音子颤抖起来。

"您说激情？那就是激情吗？"

"你的画变啦！"

"老师，我就明说吧，大木先生连一个长吻，也不大能做了。"

"……"

"男人，都是这样吗？"

"……"

"我对男人，还是初次呢！"

音子对这个"初次"到了何种地步而迷茫，她继续查阅桂子的写生簿。

"我想变成枯山水的石头啊！"桂子嘟哝一声。

梦窗国师的点景石，历经数百年了吧，上面斑驳苍苍，古色浓郁，令人分不出是原本自然的石头，还是人工垒砌的石头。然而，那确实是人工垒砌起来的石头，那股嶙峋粗犷的内在力量，从来没像如今这样向音子逼近。它令人感触到精神的厚重感，压得人痛苦不堪。

"桂子，今天已该回去了吧？我感到石头变得可怕了。"

"好的。"

"又不能在石头上坐禅，咱回去吧！"音子踉跄地站了起来,"我在这种状态下是画不成的呀。正因为这些石头是抽象的,所以桂子的自由写生,或许能捕捉到些东西。"

"老师,"桂子挽住音子的胳膊,"回去后,我们玩捉海豚的游戏吧!"

"捉海豚?你说捉海豚,是怎么回事?"

桂子妩媚地笑着,向左边的竹林那边走下去。

那片竹林,也许就是摄影家土门拳[1]先生拍摄的最美的竹林。

音子行走在竹林边,面部表情与其说是忧郁,倒不如说是紧张。

"老师,"桂子拍了拍音子的后背,"是不是被那座点景石吓掉魂了?"

"谈不上吓掉魂,但我想不带写生簿和画笔去,就这么单纯地观览它几天。"

桂子与平时一样,满脸带着明快的青春朝气说道:

"不就是石头吗?若像老师这样观赏,就会涌现出力感与苍苍青苔的美感,可石头终究是石头……"

接着她又说:"俳句名家山口誓子[2]先生在一篇文章中

---

[1] 土门拳(1909—1990),日本摄影家。提倡摄影现实主义,发挥了日本摄影界领袖的作用。其古代美术和佛像摄影获得较高评价。作品有《广岛》《古寺巡礼》等。

[2] 山口誓子(1901—1994),日本俳句诗人。在素材的扩充和构成法方面为新兴俳句做出贡献。主编《天狼》杂志,著有俳句集《冻港》等。

写过：'日复一日，皆与枯山水无缘，终日唯近大海，朝夕大多与枯山水相距甚远……其后，移迁京都，方在头脑中理解了枯山水。'——确实有这样的文句。"

"大海与点景石呀。比起大海或高山的岩石和峭壁，小小庭园中的点景石毕竟是人为的，所以……"音子说，"尽管如此，这种点景石，我好像是无论如何也画不成的！"

"老师，那是人造的抽象嘛。即使用上色彩，我也觉得可以凭自己的喜好来着色。画成我喜欢的抽象形状……"

"……"

"石庭起源于何时……"

"我不大清楚，但在室町时代之前，可能还没有吧！"

"使用的山岩啦石块啦是……"

"它们到底有多古老，不是无人知晓吗？"

"老师想画出比那些山岩和石块流传更久远的画作吗？"

"我无此奢望啊！"音子忧虑地说，"无论是西芳寺的庭园，还是桂离宫的御庭，那些树木在几百年之间，成长、枯萎，受尽狂风暴雨的摧残，我想它们与当初相比，有相当大的变化吧！点景石却不会有这么大的变化。"

"老师，我认为任何东西都会完全衍变，消亡了才好呢。就说前不久那幅茶园的画吧，如今大概已被大木先生的太太撕毁或剪碎了吧！因为我们去江岛住过……"

桂子说。

"那可是幅意趣横生的画……"

"是吗？"

"桂子，你打算画出好画，就送到大木先生那里去吗？"

"是的。"

"……"

"一直到为音子老师完成复仇为止。"

"别再满口提什么复仇的事了，尽管我已经对桂子你说过好多次。"

"我明白。不过，又不明白哩。"桂子还是爽直地说，"这是女人的执着吧？或是女人的天性吧？也可能是女人的嫉妒吧？"

"嫉妒……"音子的声音低沉并颤动着，她握住桂子的手指。

"音子老师至今还在内心深处爱着大木先生，大木先生也在内心深藏着对音子老师的强烈的爱。听除夕钟声时，作为姑娘的我，就心知肚明了。"

"……"

"女人的恨，也不就是爱吗？"

"桂子，你为什么在这里说这种话呢？"

"大概因为年轻吧，所以即使我看到那些枯山水的山岩和石块，也流于表象，只看到了往昔日本人的抽象。可是，那种抽象的真髓，如今我仍不理解。因为带有几百年的苍苍古色，所以才呈现出那种风貌，但刚建造好时是什么样的呢？"

"哼。在谈论初造原样的桂子眼中，应该很幻灭吧？"

"倘若我来画，会按自己的喜好，把点景石的形状改掉，把组合石头时的不协调的色彩也任意改成我喜欢的颜色。"

"是吗？那么，你就能画啦！"

"老师，那点景石比起老师或我的生命，太过长久了！"

"那当然了。"音子说着，不由得打了个寒战，"虽然不是永恒，但是……"

"我能画成短命的画便可以了，只要能在老师的身边……画成之后，即使立即销毁也无所谓……"

"因为桂子还年轻……"

"那幅茶园画，若能让大木先生的太太剪碎或撕毁了，我反倒高兴。她那样做，就说明她的感情产生了剧烈的波动吧。"

"……"

"我所画的画，没有一本正经加以欣赏的价值！"

"不能如此断言吧……"

"我不是天才，我什么都不是，我一幅画也不想留传下去。只是，我喜欢老师，所以想留在您身边。老实说，我能够在老师身边服侍老师,能让我刷盘子洗碗,我便以此为幸了。更何况,老师还领我进入了绘画殿堂……"

音子惊愕不已,说:

"桂子,你是为我考虑着那些事的吗?"

"我的内心深处……"

"即使你这么说,可桂子你,确实是有绘画天赋的!时常我都感到吃惊呢。"

"指我孩童时代的自由画吗……小时候的画,经常被贴在教室里。"

"我觉得你与我这个平凡的画家不同,与我相比,你是卓越不凡的画家呢。我时常会羡慕你。桂子,请你不要再说那种话了!"

"嗯!"桂子顺从地点了点头,"让我留在老师身边,我就会努力的。"

桂子的点头动作也很优美。

"老师,别再谈画了吧!"

"你明白我的意思了?"

"嗯。"桂子又温顺地点了点头,"只要老师不撵我走……"

"岂能撵你走呢?"音子语重心长地说,"可是啊……"

"可是什么呀?"

"女人,总是要结婚的,还要生子的呀!"

"那些……"桂子反倒爽朗地笑了,"都与我无关呀!"

"这是我的罪过,对不起!"

音子略微低头,转脸采撷一枚树叶。她默然踱步片刻。

"老师,女人不是很可怜吗?年轻男人,没有爱上六十岁老太婆的吧!但是,十来岁的女子,有时却真心实意地爱上一个五六十岁的男人,而且毫无所图……是吗?老师。"

音子倏然不知如何作答。

"老师,大木先生呀,如今简直不行啦。他好像把我当成一个轻佻的女人啦。尽管我还是个小姑娘哩……"

音子的脸色铁青。

"不光这些,在那最紧要的时候,我不由得呼喊起'上野老师,上野老师',他竟突然什么也做不成了。"

"……"

"为了上野老师,我仿佛承受了身为女人的羞耻。"

音子的脸色更加发青了,双膝似乎在打战。

"在江岛的旅馆里?"音子终于开口了。

"嗯。"

上野音子当然没有理由向桂子提出抗议。

车子到达了音子她们所住的寺院。

"这样一来,若说我是得救了,倒也真是得救了,不过……"这位大胆泼辣的桂子,此时脸色也发红了,"老师,我生下大木先生的孩子,送给上野老师好吗?"

突然,桂子的脸颊被扇了一记沉重的耳光。桂子的眼睛几乎流出泪来。

"啊,好痛快!"桂子说,"老师,再扇,使劲扇啊!"音子颤抖着。

"再扇……"桂子重复说。

音子期期艾艾地说:

"桂子,为什么你会说出这么可怕的事?"

"那不是我的孩子。我说过打算生个上野老师的孩子。我生下来,送给老师。我想从大木先生那里偷来老师的孩子送给老师……"

音子又猛然扇了沉重的一掌。这次桂子也抽抽搭搭起来,说道:

"老师,老师,如今无论您多么爱大木先生,已经不能生下大木先生的孩子了。不能生啦!我能毫无感情地生出来啊。而且,我认为这和上野老师所生下的,是一样的……"

"桂子!"音子喊了一声,就跑向走廊,一脚把萤火虫笼子踢向了庭园。

萤火虫笼子从音子赤裸的脚尖飞了出去,在飞出去的一刹那,笼里的萤火虫一齐闪动着苍白的流光,落在了庭园中的苔藓上。夏季昼长,天空暮色初染,园中也不见此等时分的雾霭,却又宛若漂浮在眼前,其实这还是白日的光亮。萤火虫不可能闪出那种光的,也许连发白的光亮也

没有闪现。流动摇曳的光,也许只是音子眼睛的错觉,心灵的错觉。音子的身子硬邦邦地挺立着,直勾勾地盯着掉落在苔藓上的萤火虫笼子,眼睛一眨不眨。

桂子不再啜泣了。她屏息窥视音子的背影。桂子没有躲避音子的掌掴,但跪坐着的双膝已松垮倾斜,只好用右手扶在榻榻米上撑住身体。她就这样一动不动。音子僵直地挺立不动,桂子的身子也仿佛僵硬了一般。然而,这种状态只持续了片刻。

"啊,老师,您回来了。"小美代进来说,"老师,洗澡水已经烧好了。"

"好的,谢谢。"音子的声音像被卡在喉咙里似的。这时,她感到腰带下已被汗水濡湿,很不舒服。胸口也沁出冷汗。

"虽然不那么热,但这种天气真难受。潮叽叽的……梅雨季还没有过去吧!是不是梅雨又回来了?"音子的脸没有转向小美代,她继续说道,"幸亏能洗个澡!"

——小美代只是寺院的女佣,可也兼管音子等人住的偏院。她不但打扫卫生、洗衣服、清理厨房,有时还操办伙食等杂事。音子喜欢下厨,手艺也熟练,但当她全身心投入到绘画上时,就懒得上灶台了。从外表来看会令人意外——桂子也能将京都菜的精细美味发挥得淋漓尽致,但全凭她有兴致时才会动手。由于这种或那种原因,不少日子她们全靠小美代做的简餐把午饭和晚饭打发掉。小美代已有五十三四岁,到寺里来的六年间,一直勤勤恳恳干活。寺院里也有住持夫人和年轻的儿媳[1],所以小美代似乎为偏院里的音子做的事情要多些。小美代身材较为矮胖,手腕与脚踝鼓胀得像被捆扎起来似的。

肩头圆润,面容开朗的小美代,此时也看见了庭园里的萤火虫笼子,便说:

"老师,要让萤火虫淋夜露吗?"说着,便踩着踏脚石走近萤火虫笼子。大概是因为萤火虫笼子横倒着吧,小美代蹲下将萤火虫笼子扶了起来。但她没有拿回来。似乎小美代以为萤火虫笼子是故意放在那里的。

小美代站起来,本应会从院子里看到走廊里的音子,但音子在此前已背朝着她,走进里面的浴室了。这时,小美代与桂子照了个面。小美代因见桂子潮湿的冷峻目光而低下了头,但桂子苍白的脸上,只有半边的脸颊发红,她感到事非寻常,就脱口问道:

"小姐,怎么啦?"

"……"

桂子没有回答。她眼神呆滞地站起身来。从浴室传来了水声。好像是音子在放冷水兑进热水。也许是热水烧得过烫,放水声一直响个不停。

桂子站到挂在画室墙壁上的镜子前,用手提包中的化

---

[1] 日本的和尚是可以结婚生子的,寺庙住持亦可带家眷。

妆品补妆，又用小银梳子梳理了头发。三面镜的化妆台和穿衣镜都在浴室前面的小房间里。

因为音子已在那边脱衣入浴，所以桂子不便去那边梳妆。桂子从五斗橱上层的抽屉中，取出了放在最上面的单衣衫。内衣也统统换过了。她把单衣衫套在贴身内衣上，当手臂伸进单衣衫袖子后要合上前襟时，感到手臂不能活动自如了。

"老师……"

她不由得呼喊音子。

桂子低着头，在她目光能及的单衣衫袖子与下摆的图案上，浮现出了音子的形象。这件单衣衫是音子的创意，是她为桂子绘好图案，再托人染色而成的。花纹为夏季花卉，但其大胆的抽象画风，令人想不到出自音子之手，即使明白那是牵牛花，却看似虚幻之花。色彩浓淡自如，也是近来流行的新式和服风格，显得朝气蓬勃，清清爽爽。能完成这种和服的构思，是缘于作画时桂子始终贴在音子身边，寸步不离吧。

"小姐，要出去吗？"小美代在隔壁房间问道。

"你在看什么？"桂子头也不回地说，"如果是看我的话，可以到我跟前来看呀。"

"……"

桂子意识到小美代在诧异地盯着自己，没能把单衣衫的前襟拢好，腰带也没能系好。

"要出去吗?"小美代又问。

"不出去呀。"

桂子右手撩起单衣衫的大襟下摆,左臂托着腰带和衬垫等,一边向浴室前的小房间走去,一边焦急似的说:

"小美代,我忘拿袜子啦。帮我拿双新的来。"

音子听到桂子的脚步声,便从浴室里喊道:

"桂子,这洗澡水温度正好哦!"

音子以为桂子是进来洗澡的。然而,桂子只是站在穿衣镜前系腰带。她系得紧紧的,几乎要勒进腰里了。

小美代把袜子放在桂子脚边,便默默地走了。

"快进来吧!"音子又喊道。

音子泡在浴缸中,水浸到乳房处。她等待着桂子进来,眼睛望着入口的杉木门。现在桂子本该开门进来了,可门外却静悄悄的,也没有脱衣裳的动静。

此时,她怀疑桂子是不是因不愿赤身裸体进来而犹豫,这可伤透了音子的心。她突然感到胸闷难忍,便从浴缸中站起身子,抓着浴缸边跨了出来。

桂子是不想让音子看到自己与大木在江岛旅馆过夜的身体吧?

桂子从东京回来,是在半个多月之前。桂子在东京期间去拜访大木,被他带到了江岛。桂子回到京都后直到今天,她多次与音子同浴,也未曾因暴露肌肤而害羞。话又说回来,桂子把与大木在江岛同宿的事首次向音子告白,是今天在苔寺的后山点景石前面突然提起的。那个告白的措辞也不同往常，极为怪异。

桂子是个妖媚的姑娘，音子长年累月已了解了她的诸多习性。桂子的妖艳与日俱增，与音子施加的影响不无关系吧。即使不能说这是音子培育塑造成的，但音子在桂子的身心深处点燃了火种，却是毋庸置疑的。

在浴室里的音子额头上冒出了汗珠。她用手一摸，竟是冷冰冰的！

"桂子，你不进来洗澡吗？"音子说。

"对。"

"不洗了？"

"对！"

"光冲冲汗也好……"

"我没出汗。"

"……"

"老师，对不起。老师，请宽恕桂子……"

桂子的声音很清脆悦耳。

"宽恕……"音子接过桂子的话头，"是我不好呀。我该向你道歉的呀。"

"……"

"你在那里做什么？就那么站着吗？"

"在系腰带呀！"

"嗯？系腰带……你说在系腰带？"

音子疑惑地问道，急忙擦干了身子。

随后，她打开杉木门走了出来，看见换好衣着，漂漂亮亮的桂子站在那里。

"啊！你要出去？"

"嗯。"

"去哪里？"

"去哪里呢，我也不知道。"在桂子一如平时的眼神里，似乎沉潜着哀愁。

音子似乎为自己的裸体感到害羞，将出浴用的浴衣披在肩上。

"我也一起去吧。"

"嗯。"

"不行吗？"

"哪里的话，老师。"桂子背过了身子，这时桂子的侧面正好映在穿衣镜里，"我正在等您哪！"

"喔，我抓紧准备准备，你在旁边等我一下。"

音子转到桂子旁边，在梳妆台前坐下。在镜中，她与桂子面面相觑。

"木屋町怎么样？阿总姐那里……请你拨个电话问问看。如果订不到凉台的位子，那就订二楼那个四张榻榻米的房间。对了，哪个房间都可以，只要是朝河的……如果订不到朝河的房间就算啦。那就再考虑别的地方吧！"

"好的。"桂子点头说，"老师，我去拿点冷水来，加点冰箱里的冰块……"

"好呀!我的脸显得很热吗?"

"是的。"

"好啦!我不会拿化妆水瓶什么的砸你的……"音子右手握瓶,将化妆水滴在左手手掌上。

桂子端来的冰水,沁入了音子的心脾。

电话必须到寺院的人居住的地方去借用。

音子还在匆忙换衣之际,桂子回来了。

"说是凉台八点半以后已经被人预订了,阿总姐说,如果八点半以前使用,可随时光临。"

"八点半嘛,"音子嘟哝了一句,又说,"八点半……还可以吧。早点去,晚饭也能从容吃嘛!"

接着,音子把三面镜的左右镜拉过来,伸头向前照了照说:

"头发就这样吧。"

桂子点点头,伸手至音子的腰带后面,轻轻地为她理好和服的脊缝。

火中莲

《京都名所图会》[1]中的《四条河原夕凉》一节，经常被描绘鸭川纳凉的文章所引用。"……由东西之青楼，设凉台于河畔，灯如灿星。河原上，长凳连排，开宴于流光。深紫帽子，河风之中翩翩舞，英俊美少年，容色羞闭明月光。举扇端秀，温文尔雅，令人心驰神往，目不忍离。偶有时髦妩媚妓妇，着芙蓉亦不及浓妆，兰麝馥郁，飘南荡北……"讲笑话说书的、口技的艺人等也悉数登场，于是——

"猴演狂言，犬赛相扑，马戏、枕技，麒麟走绳索，一如荡秋千，唢呐声声喧。琼脂小吃店，湍流水滔滔，足以避暑炎；玻璃垂帘音色美，珊珊回荡招凉风。和汉名鸟，深山猛兽，亦汇集于此，供人观赏。贵贱同群，游宴

---

[1] 《名胜图会》，日本江户中后期出版的配有图片的名胜指南导游册的总称。其中1780年出版的《京都名所图会》为最早刊行的通俗地方志，记载地名、名胜、寺庙神社等沿革。下文的《四条河原夕凉》载于《京都名所图会》第二卷。

河畔……"

元禄三年（1690年）夏，俳句名人芭蕉[1]也曾到此，写下了以下诗文——

"于四条河畔乘凉，从黄昏月亮升起时分，直至次日过了黎明，搭列凉台于河中，饮酒作乐。女人锦带束腰，男子身着和服外褂，法师老人也交汇于此，连桶匠铁匠之学徒，亦偷闲欢愉高歌。不愧都城之胜景矣。"

河面清风起
身着米色麻布衣
纳凉于暮夕

"河畔搭建了各式各样的篷台，有表演小节目、杂耍和惊险杂技的，还有叫卖什锦鸡蛋鱼糕的，在提灯、灯笼、篝火的光照下如同白昼。"

这便是河原纳凉的风光，到了明治末年，又增加了旋转木马与幻灯片等。进入大正年代，因京阪线的电车行驶于河的东岸，深挖河床后，河边的夏夜纳凉便被禁止，形成了如今这样的上木屋町、先斗町、下木屋町相连的凉

---

[1] 芭蕉，即松尾芭蕉（1644—1694），日本俳句诗人。松尾宗房的俳号。1679年，他写了第一首"新型"俳句，从此成名。以简洁的陈述唤起一种意境并衬托出两种独立现象的比较和对照，乃是芭蕉风格的标志。他的不少作品，被誉为日本文学的珠玉之作。

台。在描写往昔河原纳凉的文章中，音子对"深紫帽子，河风之中翩翩舞，英俊美少年，容色羞闭明月光。举扇端秀，温文尔雅……"这处印象尤其深刻。在如此描写的当时，"英俊美少年"肯定是加入了在月夜河畔的热闹人群中。那位美少年的俊俏风姿，油然浮现在音子的脑海中。

——桂子首次出现在音子面前时，音子是将她看作那位美少年一般的少女的。

如今，在阿总姐的茶馆"阿总屋"的凉台上，音子回想起那个时候的情景。与其说桂子像那个时候的美少年，不如说往昔的"英俊美少年"更具有女性的娇媚吧。音子回顾起往事时，总是认为当初的桂子演变成了今天这样的桂子，正是由于自己。

"桂子，你还记得最初到我这里来时的情形吗？"音子问。

"别提那些啦，老师。"

"那时我还以为进来了个妖精哩！"

桂子拉起音子的手，将其小指放进口中咬着，向上翻眼望着音子。随后，她细声细语地说：

"在那春天的黄昏，庭园中笼罩着淡淡的浅蓝色雾霭，你宛若漂浮在那雾霭之中，款步而来……"

这是音子曾说过的话。音子说，因为暮霭泛起，所以桂子看起来更似妖精。桂子记住了那段话，刚刚又细声细语地重述了一次。

如同今天这样回忆过去的话题，曾多次发生于二人间。桂子深知，提及这些怀旧话题时，音子就会因为她对桂子的痴爱感到后悔、懊恼并自责，可是，正因为如此，那痴爱反而愈加增添奇怪的魔力。

"阿总屋"南侧相邻茶馆的凉台上，四个角落点上了纸罩烛灯，那里来了一名艺伎和两名舞伎。一位并不那么年老却谢顶的胖胖的顾客，眼睛望着河面，对舞伎们的搭讪只是心不在焉地点点头。他是在等同伴呢，还是在等夜晚来临？虽然灯笼中的蜡烛早已被点燃，但因黄昏残留的暮光，还未显出烛光的通明。

虽说是隔壁，但那家茶室凉台端与"阿总屋"的凉台端紧挨着，近得伸手可及。另外，每家的店铺凉台都是伸向禊川而造，禊川沿着鸭川西边石壁而流，因此凉台之间并无任何遮挡之物。这样一来，不光是隔壁的凉台，连更远处的凉台也能一览无遗。相连的凉台能彼此相望，更添身临河边的凉爽。当然，凉台是露天的。

桂子完全不顾及隔壁凉台上旁人的眼光，加大了衔咬音子小指的力度。那小指的阵痛直窜音子的中腹。然而，音子一声不吭，也没有抽回小指。桂子的舌头在音子的小指尖上搅动。然后，她将音子的小指从嘴里拿出来，说：

"没有一点咸味。老师，因为您洗过澡了……"

"……"

鸭川，以及市区对面的东山，如此开阔的景致，缓消了一脚踢飞萤火虫笼子时的音子的烦躁。心情一沉静下来，她便感觉将桂子变成一个能做出在江岛与大木同宿这等事的人，也是自己的罪愆。

——桂子来音子这里时，正值她刚刚高中毕业。据说她在东京看过音子的个人画展，又在周刊画报上见到音子的相片，从而仰慕起音子了。

那年，音子的画作参加了在京都举办的关西地区美术展览会，其作品不仅获了奖，而且得到了相当高的评价。也许这也得助于画作的素材。

音子的作品是依据明治十年（1877年）左右祇园名伎香代的照片，画出的舞女划拳的姿态。那张照片是经过特殊加工的，划拳的两名舞女都是香代，衣裳也相同。两手张开手指的舞女几乎面朝正面，两手握拳的舞女则稍微侧斜身子，音子觉得二人的手形构图、身体以及面容的相互照应等都饶有趣味。右边的那名舞女，手指是全都张开的，其拇指与食指分开，另外的四指向后弯翘着。衣裳从肩部一直到下摆均绘有古色古香的大型图案（黑白照片表现不出色彩），也令音子觉得精彩风趣。两人之间，有一只木制的方形火钵，上面坐着铁壶，还放着酒壶等。因为这些物品不美观，而且会妨碍画面，所以音子将其删减掉了。

于是，音子也将一位舞女画成了两人划拳的样子。一位舞女即两位舞女，两位舞女亦即一位舞女，或既非一人亦非两人，予人奇异的感受是这幅画的追求。那张古旧的特技照片，也似乎有这种寓意。音子为了不使自己的构思终结于平淡乏味，便在舞女的面容上煞费苦心。照片上显得臃肿的衣裳上的装饰图案，也成了音子作画时的助益，使她将四只手活灵活现地描绘了出来。音子虽然没有完全照着照片描绘，但京都一定有不少人一看到这幅画，便会明白那是依据昔时名伎的特技照片所画的吧。

东京来的画商对这幅舞女画很感兴趣，前来造访了音子。后来，他们在东京展出了音子的小品画作。就是在这个时候，桂子看到了音子的画。上野音子这位京都画家的名字，当然不会流传在桂子等辈之间，这仅仅是个偶然的机缘。

周刊画报上之所以提携音子，大概是因为那幅舞女的画在京都、大阪获得好评吧，但也可能是因为这幅画的作者就是丽人美女。音子被那家画报社的摄影师和记者拉着在京都四处巡游，拍下了大量照片。不，因为都是巡游音子所喜爱的地方，所以也等于是音子牵着画报社的人四处巡游。而且，那些照片整整占了大开本画报的三页，成了音子特辑。那上面还登载了舞女画的照片，以及音子的照片。然而，这特辑还是以京都的风物照片为主，感觉音子只不过是其点缀人物而已。之所以让音子挑选所喜爱的地方，也许是画报社的人出于重振原有名胜的考量，凭借居住在京都的女画家引导,将那些不太出名的地方用照片刊登出来。音子并没有因自己被如此利用而感到不快,只认为自己的照片竟然占了三页,而那背景都称不上是代表京都形象的名胜。

然而,对不了解京都的桂子来说,并不明白所拍的只是隐匿于游客视野,而又别具京都魅力的场所,她在画报上所见到的只有音子的美丽。照片上的音子吸引住了桂子。

从淡淡的浅蓝色的暮霭中出现在音子面前的桂子,拜托音子收留她在身边习画。她的语气斩钉截铁,掷地有声。音子之所以觉得这位桂子像个妖精,大概是因为当时她突然被桂子搂抱住了吧!这是近似于情欲突然激涌的举动。

然而,音子说道:

"如此突然,你爸爸和你妈妈知道吗?如果不知道,我是不能答复的呀。对不对?"

"爸爸和妈妈都过世了,我的事只要我决定就可以。"桂子说。

音子再次打量起桂子,说道:

"叔叔、婶婶,或者兄弟姐妹……"

"我是哥哥嫂子的累赘啊。他们有了孩子后,就把我作为累赘了。"

"从何说起他们有了孩子,你就成了他们的累赘?"

"我很喜爱小孩,但我的喜爱法,不合哥哥嫂子的意呗!"

"……"

桂子在音子身边住下四五天之后,桂子的哥哥来了封信,说桂子是个疯疯癫癫的任性女孩,也许连女佣都当不了,一切都拜托音子了。另外,还寄来了桂子的衣服与随身用品。从那些物品来看,好像桂子是来自富裕人家。

桂子所说的疼爱小孩的方法不合哥哥嫂子之意这种事,音子在与桂子朝暮相处后,便即刻明白了。那种做法的确是不正常的。

在桂子来后第七或第八天吧。她央求音子,希望把发型改成老师所喜好的样式,当音子捋顺着她的头发时,无意之中攥住头发拽了一下,桂子当即说:

"老师,再用力拽……抓住头发,把我提起来……"

音子松开了手。桂子回过头来,把嘴唇贴在音子的手背,又紧贴上了牙齿,说:

"老师,您是多大初吻的?"

"说什么呀,怎么突然问这种话……"

"我是四岁呀。我记得很清楚。虽说他是母亲娘家的远房舅舅,那时是三十左右的年纪吧!我很喜欢他,当他独自一人坐在我家客厅时,我就迈着小碎步走过去,吻了他一口。舅舅吃了一惊,还用手抹了抹嘴唇哩!"

——这段有关年幼时接吻的对话,音子在鸭川的凉台上也想了起来。四岁时吻过男人的嘴唇,仿佛已成了音子的所属品，如今仍然常常裹住音子的小指。

"老师，第一次您带我上岚山，我也记得一清二楚。那天正下着春雨。"桂子说。

"是呀！"

"那家面店也……"

那是桂子到音子处的两三天之后的事，音子带着桂子从金阁寺、龙安寺转到了岚山。她们进了渡月桥前河岸边小高坡上的一家面馆。面馆的老太婆对她们说，真不巧下起雨了。

"下雨也好呀。多好的春雨啊！"音子这样回答。

"哎！谢谢！谢谢您了。"店里的老太婆一边道谢，一边轻轻地俯首致礼。

桂子望着音子的脸，细声道：

"她是在替天气道谢吗？"

"喔？"音子因为老太婆说得那么自然，所以没察觉到有何不妥，便随口说，"是吧，是替天气……"

"真有趣！替天气道谢，有意思。"桂子接着说，"京都有这种习俗吗？"

"哦，怎么说呢？"

诚然，老太婆的话，可以理解为人在替天气道谢。音子她们好不容易来到岚山，真不巧下起雨了，老太婆这么说，是一种应酬上的寒暄吧！而音子回她说下雨也好，这倒不仅仅是客套的寒暄。音子确实认为春雨中的岚山幽美，所以才说下雨也好。老太婆对此道了谢。她好像是代替天气，或是代替雨中的岚山而道谢的。作为岚山的面馆主人，这仍为一种寒暄吧，但对桂子来说，听起来却觉得十分新奇。

"味道真好啊，老师。这家面馆，我好喜欢！"桂子说。那家面馆是出租车司机介绍给她们的。因为是下雨天，音子就包租了四个小时的出租车来到了这里。

虽然时值花季，可由于下雨，所以来岚山的郊游客人少得出奇，这也是音子觉得"下雨也好"的理由之一。而且，水烟渺渺的春雨，使河对面的山峦变得更加柔美了。她们走出面馆，一边观赏那些山峦，一边步行到停车之处，不用撑起雨伞也不觉得身上有湿意。纤纤雨丝，在将要落到河面的时候便消失殆尽，了无踪迹。青叶和嫩叶之间掩映着樱花盛开的山峦，树丛吐芽形成的斑斓色彩被细雨晕润得十分娇柔。

因春雨而愈加优美的，不光岚山一处。苔寺及龙安寺亦是如此。苔寺的庭园中，濡湿后色彩愈加鲜艳的青苔上，落满了马醉木碎小的白花，就在那青翠之上的洁白之中，又谢落着一朵鲜红的山茶花。山茶的花形完好无损，花朵正面朝上，犹如漂浮在那里绽放一般。龙安寺石庭中的石头也被雨水淋湿，显露出了各自的色彩。

"古伊贺流派的插花在送进茶席时，是要先濡湿的。这和刚才见到的一样吧！"音子这么说，可桂子对伊贺的插花全然不懂，即便对眼前石庭中石块肌理的色调搭配，也麻木不仁。

然而，挂落在寺院内路旁树上的雨滴，经音子一说便进入桂子的眼帘，给桂子留下了较深的印象。小松树枝头的松针尖上，都挂着一滴雨珠。每一根松针的尖儿都衔着一颗水珠，看上去松针宛若花茎，露珠花在盛开怒放。若不留意，就会错过这一奇观，这可是微妙的春雨之花。不仅松针，枫树等刚萌芽尚未绽开的嫩叶上，也缀着雨珠。

松针尖儿驻留着一粒雨珠的景象，当然不限于京都，哪一片土地都会有，但桂子铭记于心、亲眼所见到的，这还是第一次。因此她认为这景象是京都特有的。这松针上的雨珠啦，面馆老太婆的应酬话啦，对桂子而言，都成了对京都的第一印象。或许这是因为桂子刚到京都，初次被音子带出门吧。

"那位面馆的老婆婆，如今还健在吧！"桂子说，"从那次以后，我们就没去过岚山哪！老师。"

"是呀。冬天的岚山，与春秋等季节的岚山有所不同，我觉得是最好的……潭水的颜色是那么冷澈深邃，下次去看看吧。"

"一直要等到冬天吗？"

"虽说是冬冬天，也是很快的事。"

"不是马上到呀！从现在起还有夏天，接着还有秋天……"

"可以说去就去的呀！"音子笑道，"明天也可以……"

"那就明天去吧！老师，我要试着告诉那家面馆，暑热的岚山也不错。那位老婆婆会道谢说：'嘿，谢谢。'这次是代替暑热天气说的吧。"

"是代替岚山道谢的哟。"

桂子眺望着河川那边，说：

"老师，到了冬天，这个河滩上成双成对的游客也就没有了吧！"

这里不叫河滩吧。在凉台下面的楔川和鸭川之间，还有在鸭川与东面的水渠之间，两道堤坝好像成了散步道。那堤坝上会有相当多成双成对的年轻人到来。可以说，这里几乎都是来幽会的人。带着孩子来的游客等极为鲜见。年轻男女或缠绵漫步，或坐在水边相依相偎。随着暮色渐渐变浓，来此的人数也在不断增多。

"冬天这种地方很冷，待不住呀！"音子说。

"不知道能不能持续到冬天呢！"

"什么……"

"这些人的爱情……虽然现在弄不清楚这些人中会出现几对伴侣，但撑不到冬天肯定就会有不愿再相见的人！"

"你是这么认为的吗？"音子问道。桂子颔首以对。

"为什么非要这么想呢？"音子继续问，"你呀，年纪轻轻的就……"

"因为我不像老师这么傻，长达二十多年一直思念使您遭罪的人。"

"……"

"老师明明是被大木先生所抛弃,对这点,您却永远醒悟不透。"

"请你别用令人厌烦的措辞。"音子把正对着桂子的脸转了过去。桂子一边伸手为音子把垂到领边的乱发撩上去,一边说:

"老师,您试试把我抛弃吧……"

"哎?"

"如今老师能抛弃的人,只有桂子。抛弃我试试看……"

"你所说的抛弃是指什么?"音子有点漫不经心地说,眼睛与桂子相对而视。她自己把桂子为她撩上去的乱发拢好。

"就是像老师被大木先生抛弃的那种事。"桂子纠缠不休,似乎要窥视出音子眼神深处的秘密,"因为老师不愿想起自己被抛弃的事,所以好像从没想到过……"

"什么抛弃啦、被抛弃啦,这种话多难听!"

"直话直说,多好啊。"桂子闪着妖媚的目光说,"那么,老师,大木先生把老师怎么了呢?"

"我们离别了呀。"

"并没有一刀两断呀。老师的心中,至今仍然有大木先生,而且大木先生的心中也有音子老师……"

"桂子,你想要对我说什么呢?真搞不懂你!"

"老师,今天我以为自己已被老师抛弃了。"

"刚才,在家里,我不是说过是我不好,道过歉了吗?"

"是我向您道歉的呀。"

音子是为了事后的和解,才带着桂子来到了木屋町的凉台的,但两人之间真的存在发自内心深处的和解吗?桂子的个性好像不能安于风平浪静的爱情,在日常生活中时常顶撞音子,与音子争论、闹别扭,但是桂子今天对与大木在江岛同宿的坦白与日常的顶撞不同,因为这件事情伤害了音子。音子本来以为是将桂子抱在自己的手臂中,现在感到她犹如动物一般扑向了自己。桂子常说为了音子去向大木报仇,但音子却感觉自己好像才是桂子的报仇对象。而且,对于作为男人的大木,音子也尝到了新的恐怖与绝望。女人多得是,他居然被音子的弟子桂子勾引住了。

"老师,您不抛弃桂子吗?"桂子又问道。

"你那么想要我抛弃你,那我抛弃了也未尝不可。这是为了你嘛!"

"别这样呀!我讨厌这种说法。"桂子摇着头说,"我从没有为自己考虑过。只要能待在老师的身边……"

"从我这儿离开,是为了你好。"音子极尽冷静地说。

"在内心里,老师已经离开了桂子,是吗?"

"不是这样的。"

"好高兴呀!老师,我以为我被抛弃了,很悲伤的。"

"那难道不是桂子的事?"

"您说是我的事……是说桂子抛弃了老师吗？"

"……"

"桂子死也不会离开老师的。"桂子热情地说，马上拿起音子的手，又咬住了她的小指。

"疼！"音子缩着肩，拽回了小指说，"这样咬我，我不疼吗？"

"就是为了让您疼才咬的。"

点的菜肴送到凉台上来了。女侍者在摆菜时，桂子愠怒地转过头去，眺望着叡山上的一团灯火。音子一边对女侍者说着应景话，一边用一只手盖住了另一只手的手指。因为她意识到小指上还残留着桂子的齿痕。

女侍者进屋之后，桂子用筷子将汤中的海鳗破开，夹了一块送入口中，仍然低着头，说道：

"老师，把桂子抛弃试试看，那该多好！"

"你为何如此执拗！"

"老师，我以为自己是个要被喜爱的人抛弃的女孩子。老师，我很执拗吗？"

"……"

音子没有回答。一考虑到女人对女人，要比对男人更为执拗，那经常出现的苦涩思绪便涌上音子的心头，宛若针刺一般。被桂子咬住的小指本该已经不疼了，但那里仍传来针刺般的感觉。说起咬指头这些事，不同样也是音子教给桂子的吗？

——那是桂子来到音子这边不久的事。在厨房里炸食材的桂子，匆匆地跑到音子跟前说：

"老师，油溅出来啦……"

"烫伤了吗？"

"火辣辣地痛！"桂子把手伸到音子面前。指尖出现了一个小红点。音子拿起她的手说：

"就这一小点，还称不上烫伤哩。"然后，将桂子的手指衔在口中。因为是突然这么做的，所以当桂子的手指触碰到自己的舌头时音子才意识到。她惊慌地吐了出来，桂子即把那手指含在了自己嘴里。

"老师，舔了会好点吗？"

"桂子，炸的东西怎么样了？"

"啊，说得是呢！"桂子向厨房跑去。

之后不知过了多久，夜里，音子会把嘴唇贴在桂子的眼睑上，或是用嘴唇衔住桂子的耳朵。因为耳朵发痒，桂子会扭动着身子哼出声来。这更激发了音子的意趣。

对桂子如此这般时，音子也会浮想联翩。过去，大木对音子所做的举动与此相同。大概因为音子还是少女吧，大木没有马上碰触音子的嘴唇。大木的嘴唇会持续触碰额头、眼睑、脸颊等，少女的音子适应这些举动后，身心也就放松了。与那个少女的音子相比，桂子要年长两三岁，而且又有彼此为同性的差异，但比起大木对音子所做的同样动作,桂子的反应更为强烈,她沉醉得更快。

然而,音子想到将自己以前身受大木所做的手法移植到桂子身上,就会感到揪心的内疚。与此同时,她也感受到了震颤般的勃勃生气。

"老师,不!老师,不!"桂子说着,便将赤裸的胸部向音子的胸部磨蹭过来。

"老师的身体不是也一样吗?"

音子忽地后挪了身体。

桂子仍然将身体蹭过来,说:

"啊?和我的身体一样嘛。"

"……"

"一样吧?老师。"

音子怀疑桂子可能已经懂得男人了。音子还听不惯桂子这种乘虚而入般的措辞。

"不一样啊。"音子细声自语,桂子的手便向音子胸部探摸过来。虽然这动作毫不迟疑,但那手掌和手指仿佛还含有羞怯。

"别这样!"音子抓住了桂子的手。

"老师,你坏,你好坏!"桂子的手指加了力道。

二十多年前,十六岁的少女音子被大木年雄抚摸胸脯时,曾说:

"先生,不要!先生,不要!"音子的这句话,在大木的《十六七岁的少女》中也原原本本地被照写下来。

即使没有被写出来，音子自己也不会忘记的，但因为被写了出来，那便正好成为不朽的话语了。

不过，桂子也说了完全相同的话语。这是因为桂子曾看过《十六七岁的少女》吗？抑或在这种场合女孩子恒定会这么说吧。

《十六七岁的少女》中，也有对十六岁的音子乳房的描写。书中还叙述了大木的想法大意：能触摸这么可爱的乳房，真是人生难得的幸运、上天的惠赐。

因为音子没能给婴儿哺乳过，所以乳头留有深浓的颜色。这种颜色过了二十年，也只是淡薄了少许。从三十三四岁起，乳房眼看着低垂下来。

那低垂的乳房，在浴池里曾被桂子看见，桂子的手肯定摸着比划过。音子以为桂子会说起那些事，但桂子却偏偏从不开口。而且，她们二人都明白由于桂子的原因，音子的乳房重新日见鼓胀起来，但二人对此谁都缄口不提。也许桂子以此当作胜利，她的沉默不语反倒有些不可思议。

音子有时觉得胸中有一种病态的、不道德的魅惑在膨胀起来，有时又感到有一种难以言表的羞耻，但最使她震撼的，是对自己近四十岁的身体的变化的惊恐。这种惊恐，与十六岁那年因为大木，以及十七岁时因胎儿而引起的胸部变化的惊恐，当然是截然不同的。

被迫与大木分别已经二十年了，音子的胸部没曾让人触碰过。这期间,音子的青春时光以及女人的风韵岁月已经过去了。尔后触碰音子乳房的,是同性的桂子的手。

被母亲带着迁居京都之后,音子也遇到过几次恋爱或结婚的劝诱。然而,音子都避开了恋爱。当她知道男人喜欢自己时,与大木的回忆便立刻鲜活地浮现出来。与其说这是追忆,不如说与现实毫无二致。十七岁与大木分别时,音子就已经想过终身不嫁。不,光是悲哀就已使她心烦意乱,别说将来的婚姻,就连明天的日子也是无法揣度的。当时音子脑海中掠过终身不嫁的念头,这念头在随后的似水流年中便形成恒定不变的了。

音子的母亲当然希望女儿能结婚。迁居京都是为了要女儿远离大木,让女儿的心沉静下来,并不是决定在京都永居。

来京都之后,母亲一面安慰女儿,一面观察着女儿的状态。第一次向女儿提出婚姻之事,是在音子二十岁的时候。那是在仇野念佛寺的千灯供养[1]之夜。地点在嵯峨野[2]的腹地。

被称为无主孤魂墓标的古旧小石塔,排列在充满无常感的西院河原,数不胜数。当看到供在那些墓石前的"千

---

[1] 千灯供养,通称千灯会。日本佛教法会之一,点燃诸多烛火,向佛念经上供,以超度亡魂,引孤魂归位。
[2] 嵯峨野,日本京都市西北部太秦以西至小仓山山麓的地区,区域内有广泽池、大泽池、清凉寺、无龙寺、大觉寺等。

灯"被点燃时，音子的母亲不由得热泪盈眶。周遭昏暗的夜色中，微弱的灯火群反而给石塔群平添了人世无常的氛围。音子察觉到了母亲在流泪，但她没有作声。

两人归途的山村小路也昏晦幽暗。

"真凄凉！"母亲说，"音子不凄凉吗？"

母亲两次使用了"凄凉"这个词，但前后的内在含义似乎有别。母亲说起东京来的熟人为音子提亲之事。

"我不能结婚，我觉得很对不起妈妈！"音子说。

"没有不能结婚的女人这么一说！"

"有的呀。"

"音子不肯结婚的话，妈妈和音子将来都要沦为无主孤魂了！"

"您说沦为无主孤魂，这是怎么回事，我不懂啊！"

"就是指身后没有亲人祭祀的死人嘛。"

"这我知道，但那是怎么回事，我就不明白了。"

"……"

"是死了以后的事吧？"

"也不限于是死了以后的事。既无丈夫又无孩子的女人，即使活着，不也像是孤魂野鬼吗？你想想看，假设我没有音子这个女儿会怎么样？音子虽还年轻，可是……"母亲稍作踌躇，才说，"音子不是好画婴儿的脸蛋儿吗？打算画到什么时候为止……"

"……"

关于熟人介绍的那个对象，母亲把所知道的情况都说出来了。据说是银行职员。

"如果有意去见面，那就到久别的东京去一趟吧。"

"听了这些话，您觉得我眼前现出什么啦？"音子说。

"眼前现出？现出什么呢？"

"铁格子，现出了医院精神病科窗户上的铁格子。"

母亲倒吸一口凉气，缄口不语了。

其后，在母亲的有生之年，曾向音子两三次谈及婚事。

"即使音子一直思念着大木先生，不也是无法向大木先生表达吗？不也是无法同大木先生沟通吗？不也是音子你无法对大木先生尽心尽意吗？"与其说母亲是在开导，倒不如说是直言诉说，劝音子结婚。

"倘若你一直等待着等不到的大木先生，那就好像是等待着过去，时间也罢流水也罢，是不会倒流的吧！"

"我什么也没有等待。"音子回答。

"仅仅是回想？仅仅是不能忘却？"

"不，不是。"

"是吗？"

"……"

"常言道'年幼无知'，对吧？可音子在那年幼无知、好坏不分的时候被大木先生所俘获，所以创伤才会更深，伤痕愈加难消啊。对这么幼小的孩子做出这么残忍的事，当时我恨透了大木先生。"

音子对母亲的这些话刻骨铭心。音子常想，正因为是年幼无知的少女，才会有那样的爱情吧！十六岁的音子的确是年幼的孩子，根本好坏不分。也许正是因为如此，反而盲目地陷入狂热的恋情而无法自拔。她痉挛时曾啃咬大木的肩膀，连咬出血了都浑然不知。

那时，音子已与大木离别来到了京都，她读了《十六七岁的少女》后最感到震惊的是，大木在每次去与音子相会的途中，竟一路左思右想今天抱住音子要怎样摆布。而且，大都能按照他预想的做到。书中还写道，大木一路上边走边思忖着那些事，心情激昂，喜悦无比，可音子光是对男人还会思考这等事就已经感到惊愕了。女人本是被动的，何况仍是少女的音子，她无法料到这是男人预先深思熟虑而来的方法以及顺序等，只是顺从他的所为，顺从他的索求。正因为是少女，她反而没对大木有过疑虑。大木却据此把音子描写成一位奇怪的少女，描写成女人中的女人。而且，书中还写到大木凭靠音子用尽了拥抱女人的所有方法。

读罢这些描写时，音子曾因屈辱而怒火中烧。然而过了不久，那些相拥的方式便形形色色地浮现出来而使音子无法自抑，身子僵硬得似要痉挛。少顷，这种反应会随着时间平缓，愉悦和满足涌现于音子全身。过去的爱，在现实中被激活了。

在从仇野看过千灯供养回家的幽暗小路上，浮现于音子眼帘的不全是病房铁格子的幻象，也浮现出了自己被大木抱住的身姿。

如若大木没有写"用尽了拥抱女人的所有方法"这类事，音子被大木所搂抱的自身姿态，也许不会在那么漫长的岁月中栩栩如生地留存下来。

在江岛的旅馆里，被大木抱住的桂子到了紧要关头时——

"我不由得呼喊起'上野老师，上野老师'时，他竟突然什么也做不成了。"音子听到桂子说的情形，因愤怒、嫉妒加上绝望而脸色变得苍白，但其内心深处，音子感觉到大木也再次想起了自己。不光是内心回想出来了，说不定连抱住音子的姿势也突然清晰地浮现在眼前吧！

随着岁月的流逝，与大木相互拥抱的姿态，在音子的心中逐渐得以净化。它们从身体的姿态转化成了心灵的姿态。如今的自己是不净的。如今的大木也不净吧。然而，二十几年前两人相拥相抱的姿态，即如今浮现在眼前的那些姿态，对音子来说都是清纯洁净的。是自己，而非自己；已非现实，而仍是现实。那些姿态是由两个人升华了的神圣幻象。

当回想起以往大木所做的难忘动作，而且做出类似动作抱住桂子时，音子唯恐神圣的幻象受到伤害而消失，但那幻象依然另行浮现出来了。

即使在音子的眼皮底下，桂子也会在小腿、臂膀以及

腋下涂抹脱毛剂。在她刚来到音子这里后的一段时间，当然是避开音子的。但从浴室那边传来了难闻的气味，音子便问：

"你干什么了？一股怪味，是什么呀？"桂子没有回答。音子无需使用脱毛剂，所以她不懂这些。她的肌肤仿佛连汗毛也没有。

第一次看见桂子支着一条腿坐在那边涂脱毛剂时，音子惊愕地皱着眉说：

"真难闻，那是什么？呛鼻子呀！"

随后，她看见汗毛随着揩去的药水一起脱落下来。

"真瘆人！别抹了，别抹了！"音子捂住眼睛说，"怪吓人的！"

音子确实瘆得要起鸡皮疙瘩。

"这么恶心的事，你非要做？"

"哎呀！老师。不是大家都在做吗？"

"……"

"有毛的话，老师，您摸摸，不舒服吧？"

"……"

"因为我是女人，所以要……"

桂子说是为了让音子抚摸才脱毛的。尽管音子也是女人，桂子依然谋求自己的肌肤滑润。音子因目睹脱毛过程产生的厌恶，以及桂子表白言语中的情爱，令音子感到苦闷。那刺鼻的恶臭，直到桂子去浴室洗净之后仍残留着。

当桂子回到音子身边，便伸出腿撩起裙子下摆，说：

"摸摸看，老师。变得滑溜溜啦！"但音子仅仅瞥了一眼桂子白皙的大腿，没有伸手去摸。桂子一边用右手轻抚着小腿一边说道：

"老师，为什么您一副为难的脸色呢？"桂子以木已成舟的眼神看着音子。音子避开了她的目光。

"桂子，请你今后在我看不到的地方做这些。"

"我已经不想避着老师做任何事了。隐瞒老师的事情，已经什么都没有了！"

"可是，我所讨厌的事，不让我看到不是更好吗？"

"这种事，一旦看惯了，老师也就不在乎啦。和剪指甲一样嘛！"

"当着人面又剪指甲、又磨指甲是不礼貌的吧。因为桂子剪掉的指甲乱飞……要用手捂住，不要让指甲蹦出来。"

"好的。"桂子对此颔首接受。

然而，桂子此后虽没有故意让音子看到她脱毛，但也没有加以回避。而且，音子永远不会像桂子说的那样能够看惯。是桂子改用其他的脱毛剂了吗，抑或是同样的脱毛剂改良了？那种恶臭味没有以前那么浓烈了，可桂子脱毛的样子，仍旧令音子感到瘆人。音子看不得将涂在小腿和腋下的药膏擦掉时，体毛随之脱落的情形。这种时候，她会站到看不见的地方去。然而，在厌恶的深层有一把火忽闪又熄灭，熄灭又忽闪。那把火遥远而又渺小，仿佛连心灵之眼也难捉捕到，却宁静清纯得使人感觉不到色情的心旌摇曳。之所以宁静清纯，是因为回想起二十多年前的大木年雄，以及少女的音子自身。音子一看到桂子脱毛的样子就恶心，个中原委是她立马会产生女人与女人肌肤相亲的那种感觉，那时比反省这种行为更先反应出来的是恶心感，但奇怪的是，她一想起大木，便能平静下来。

被大木抱着的时刻，音子根本没考虑过自己的腋毛这码事。而且，她也没有想过作为男人的大木有没有这种东西，好像肌肤上也没有感觉到。可以说当时神魂颠倒了吧。与那时相比，在对桂子时，音子已心神从容，也成熟为具有中年风骚的妇女了。从十七岁被迫与大木分离，一直到接触桂子之前，音子完全是孑然一身的。在那段日子里，音子作为女人而成熟起来，这也是靠桂子而感知到的。对此，音子自己亦感惊愕。倘若遇到的不是女性的桂子而是男人，那么音子始终秘守在心底、一直钟爱的大木的神圣幻象，恐怕顷刻之间就会分崩离析。

音子被迫与大木离别后曾企图自杀而未遂，可如果当时死了，那短促的生命将是清清爽爽的，这种想法永不失真地与音子同在。音子觉得，在未遂的自杀之前，在婴儿死去之前，自己若死于分娩中，也不会被关进医院精神科的铁格子窗里，那将会更加清纯无瑕。尽管时光悄然流逝，而长年累月一以贯之的这种想法，却净化了大木所带来的创伤。

"你的可爱之于我好像太奢侈了。这是人生中料想不到的奇迹般的爱。如此至幸的报应,唯有死刑吧!"大木的这种甜言蜜语,至今仍铭记在音子心中。那种措辞连绵不断地延伸到大木的小说《十六七岁的少女》中的对话里,如今已与作者大木和人物原型音子完全脱离开来,甚至令人感到已经成为今世不朽的言语了。换言之,曾相互爱恋的往昔的大木与音子也许都已殒灭,但这种爱在文学作品中却会万古长青,这一慰藉和眷恋都寓于音子的悲哀之中。

音子的母亲留下了一把修面的剃刀。似乎连细汗毛都没有的音子,一年也用不上一次,可在心血来潮要修刮脖颈、额头和嘴边的场合,也使用过母亲的剃刀。有一次,她看到桂子正要开始使用脱毛剂时,便随口说:

"桂子,我来给你剃。"然后,从梳妆台取出母亲的剃刀。桂子一见剃刀,便叫道:

"不要,老师,我怕,好可怕呀!"桂子慌忙而逃。音子被她的逃离所诱导,便去追赶。

"不危险的呀。来,我给你剃。"

桂子被捉住后就不反抗了,不情愿地被带到梳妆台前。当音子在桂子的手臂上打上肥皂、贴上剃刀时,桂子的手指尖即刻微微颤抖起来。音子真没料想到桂子竟然为这点小事发抖。

"没事儿的!不会有危险。别动,不要抖……"

然而，桂子的不安与畏惧刺激了音子。这具有感染性。音子的身子也变得僵硬起来，似乎有种力量从胸部传入了肩膀。

"腋下是有点可怕，那就算了。脸……"音子刚说到此，桂子马上抢过话头道：

"稍等一下，我要喘口气。"原来桂子一直是屏住呼吸的。

音子剃了桂子眉毛的上面，然后剃了嘴唇下边。在剃额头时，桂子一直闭着眼睛。桂子微微仰脸，将头部的重量置放到支撑自己脖子的音子手上。她那细长的颈项吸引住了音子的目光。那是与桂子的个性完全不同的，纤细、温柔、匀称、纯净的颈项。它焕发出青春的光芒。音子停下了手中的剃刀。

"怎么了？老师。"桂子睁开了眼睛。

若把剃刀捅入这可爱的脖子，桂子便会死去，音子突然这么想。因这最可爱的部位而杀人，在这一瞬间易如反掌。

也许没有桂子的脖子那么美丽，但音子也长着像少女一般纤细的脖子，那脖子还被大木的手臂搂过。

"难受……会憋死的！"音子说。她的脖子被大木的手臂紧紧缠绕，根本喘不过气来。

从那窒息般的苦闷中回过神来时，音子望着桂子的脖子，感到有些发晕。

音子为桂子刮汗毛，仅有这么一次。之后桂子不肯刮，音子也没有强人所难。每次要使用梳子等物而拉开梳妆台的抽屉时，母亲的剃刀便映入音子眼帘。音子有时也回想起在那一瞬间闪现出的一缕杀意。万一的万一，假若那时杀死了桂子，自己也肯定会死吧。那朦胧的杀意还谈不上是马路上滥杀无辜的恐怖歹徒的程度，可后来音子时而觉得自己倒像是在马路上搞恶作剧的调皮鬼。那也算是又逃脱了一次死去的机会吗？

音子知道：那一闪念的杀意中，也潜藏着与大木远离而去的爱。在那个时候，桂子还没与大木见过面，还未插足音子与大木的爱情。

而如今，当听桂子述说与大木去江岛的旅馆同宿之后，音子与大木之间的旧爱，好像在音子心中燃起了怪异的火焰。然而，音子看见在这火焰之中有一朵盛开的白莲花浮现出来。那是她与大木的爱，是无论桂子还是其他任何因素都不能玷污的梦幻之花吧！

——音子的心中虽然浮现出了白莲花，但她的眼睛却移向了映在禊川水流中的木屋町茶室的灯火。她俯视了良久。随后，她又眺望祇园对面幽暗的东山峰峦。那山的轮廓线平缓圆润，而笼罩在那山中的夜色，仿佛朝着音子悄悄地流泻过来。穿梭于彼岸沿河道路上的车灯、河堤人行道上幽会的情侣、排列于此岸的茶室凉台上的灯火与顾客们，如此这般，音子全都熟视无睹，只有东山的夜色在音子心中蔓延开来。

"赶快画《婴儿升天》吧。趁当今就画下来吧！不及早画出来，也许就画不成啦。即使往后能画成，恐怕那也已经成另一种模样啦。会失去爱与哀愁的情思……"音子在心中默默自语。这股突然强劲喷涌的心潮，是因见到了火中的莲花吧！

在那纯粹的心潮翻涌中，音子感到桂子这个姑娘也犹如火中的莲花。为什么火中会绽放出白莲花呢？为什么白莲花在火中不枯萎凋谢呢？

"桂子。"音子喊道，"你的心情好些了吗？"

"老师的心情好了的话，我就高兴！"桂子奉承似的答道。

"迄今为止，桂子最感悲哀的事情是什么……"

"是什么呢？"桂子轻柔地接过音子的问话，"有很多，搞不清楚呀。我全都想出来后，再给老师说吧！不过，我的悲哀是短暂的。"

"短暂？"

"是的。"

音子盯着桂子的脸，沉下声音说：

"只有这么一件事，我今晚拜托你啦。希望你不要再同镰仓的人会面。"

"是同大木先生吗？还是同他儿子太一郎？"

音子对这意想不到的反问感到扎心的苦痛。

"他们二人都不要见哟。"

"我只是想为老师报仇才会面的呀。"

"还说这种话!你这个人,想不到这么可怕!"音子的表情变了,一种莫名的泪水濡湿了双眸,她闭合了眼睑。

"老师害怕啦,老师害怕啦……"

桂子如此说罢,便站起身来,绕到音子后面,双手轻按她的两肩,接着抚弄起音子的耳朵来。音子默然,她的耳中传来了河水的流淌声。

千丝发

"喂,你过来,你过来。"妻子在厨房里叫大木,"有位身躯硕大的鼠夫人光临,藏到煤气灶台下面了。"

"是吗?"

"好像还带着小少爷呢!"

"是吗?"

"啊!你呀,刚才过来看就好了,现在……"

"……"

"刚刚,鼠少爷呀,还露了露那可爱的小脸……"

"哦!"

"它那忽闪忽闪放出黑光的漂亮眼睛,正瞅着我哩。"

"……"

大木正在起居室读早上的报纸,一阵大酱汤的香味飘了过来。

"喂,漏雨了。是厨房的上面。你听到了吗?"

从起床时就下起的雨,瞬间变得瓢泼。与此同时,疾风摇晃着小山上的树丛和竹林,转眼间又向东狂吹,雨水也横向扑打过来。

"没听见呀，外面风雨交加……"

"你不过来看看吗？"

"喔。"

"雨滴先生敲打着屋顶的瓦片，还缩着身子钻过狭窄的缝隙，坠落在天花板上，想必很痛吧！那眼泪状的雨滴先生，变成了真的眼泪，正在那里哭泣吧？"

"是吗？"

"今天晚上，就摆上捕鼠笼子吧。捕鼠笼肯定是搁在储藏间的架子上的。我的手够不着，你待会儿把它拿下来。"

"把鼠夫人母子俩请入笼子中，可以吗？"大木的目光没有离开报纸，慢悠悠地答道。

"漏雨怎么办？"文子说。

"漏到什么程度？大概是狂风暴雨一起来的关系吧。等明天什么时候，我爬到屋顶上看看吧！"

"危险呀，上了年纪的人……要上屋顶的话，就让太一郎去爬吧！"

"什么上了年纪？"

"若是到了五十五岁，不论在公司或报社，不都是要退休的吗？"

"那真是好事。让我也退休吧！"

"请便，只要你想……"

"小说家的退休年龄到底是多少岁呢？"

"一直到死的时候也不退休。"

"你说什么？！"

"对不起。"文子道歉后，又以平时常用的口气说，"我是想说您还能写作好长好长时间的呀。"

"这种期待令我难受，尤其是太太提出的……宛如小鬼挥舞着冒火的铁棍，站在我的身后。"

"撒谎倒是老练多啦。我什么时候逼过你？"

"嗯，不过，还是会添乱的。"

"添乱……"

"各种各样的呢。也包括嫉妒心。"

"嫉妒是女人与生俱来的，多亏了您，我从年轻的时候，就领教了苦口良药就是毒药、烈性药。"

"……"

"还说什么双刃剑……"

"伤害了对方，也伤害了自己……"

"纵使你做出任何事来，我如今不会离婚，也不会殉情的。"

"虽然老年人离婚令人生厌，但老年人的殉情是最为悲哀的呀！殉情这种事一旦登上报纸，比起让年轻人憧憬的那种年轻情侣的殉情，老人殉情的报道，会使老人们感同身受，更有切肤之痛吧？"

"那是因为你曾痛切地考虑过殉情这种事……虽然是遥远的往昔，年轻时候的事……"

"……"

"不过,你愿意同她一起去死,也有过想同她一起去死的那种痛切心情,这些好像没有很好地被传达给对方那位少女。如今想来,当初告诉她不是很好吗?那个人虽然自杀了,但她做梦也想不到你会为她殉情吧!是不是太可怜了?"

"她没有自杀。"

"虽然未遂,却是真心自杀,所以同自杀了是一回事。"

文子显然在说音子的事。她好像在平底锅里放入了猪肉,正炒着包菜,传来了油滋滋的声音。

"酱汤要煮过头了吧。"大木说。

"好,好,知道了。您要的酱汤,我怎么也……因为这酱汤,长年里都是挨你训斥过来的吧。都是因为你把各个地方的各种酱料全弄来了……"

"……"

"你想把老妻弄得一身酱臭呀!"

"你知道'omiotsuke'[1]用汉字怎么写吗?"

"用平假名写就行了吧。"

"是将三个'御'字重叠起来,写成'御御御付'!"

"哦?是'御御御足'呀。"

---

[1] 日语原文此处是平假名,中译文用罗马字母标音。这段对话是大木与妻子利用豆酱制品的谐音逗趣,从中也可窥出日本根植于民间的豆酱文化。

"自古以来，将三个'御'字重叠在一起命名的这种贵重菜肴，是最难加工的哟！"

"御御御付的味增老爷，那绝美的味道今早没烧好，您会不高兴的吧！"

文子连老鼠、漏雨等词，也滥用敬语和丈夫开玩笑，这是常有的事。乡下出身的大木，至今仍不能正确书写东京方言的敬语，一旦钻牛角尖就没完没了，不能自拔，有时就要和在东京长大的文子商量，但他又不坦然听从太太的指教，执拗的商议便衍变成无休止的争吵。大木说东京方言不是标准语，而是传统浅薄的粗俗方言，即乡下土语。因为关西话提到任何人的事情，习惯上几乎都用敬语，而东京话言及别人的事情，则没有这般恭敬。大木对妻子毫不谦让，说关西话连鱼类、蔬菜、山峦、河流、房屋、道路，以及日月星辰天候，全都用尊称。

"您若这么说的话，那就去和太一郎商量岂不更好？太一郎是国文学者呀！"文子甩出这么一句话。

"太一郎懂什么？他也许能勉强称为国文学者，可从没研究过敬语语法之类。他们那伙学者所说的话，杂乱而污秽，不是很难听吗？就是他的研究报告、评论，也写不出规范的日文。"

老实说，大木向儿子请教或与之商讨如何写东京话，倒不是情愿不情愿的事，而是觉得厌烦。而去问太太，他却感到轻松而亲切。不过，对于在东京土生土长的文子来说，一旦被大木刨根问底地追问起敬语方面的事例来，也被搅糊涂了。

"国文学者中，能写出格调正规、文理通畅的日文，也许只有往昔汉文素养深厚的那些人，这一点该告诫太一郎……"

"那和社会上人际交流的语言不一样。日常对话中的稀奇古怪的新言语，每天就像鼠夫人的小崽一样层出不穷，把珍贵的东西肆意咬散嚼碎，令人眼花缭乱……"

"因此，那些都是短命的，即便残存下来，也已陈旧过时……和我的小说一样。能保留五年的，十分鲜见。"

"流行语之类，若能存活到明天，也就不错喽！"文子说着，把早餐端到起居室。随后，她又不动声色地说：

"我的生命，也是从你想和那位小姐殉情那会儿，好不容易才存续到今天哪！"

"因为妻子这个行业也没有到年龄退休的吧！挺可怜的……"

"有离婚的，不过……一生当中，哪怕有一次也好，所以我也曾想尝尝离婚的滋味哩！"

"即使现在离也不晚。"

"已经不想啦！有句老话说'机会的后脑壳是光秃秃的'，过去了就抓不住喽！"

"文子的后脑壳头发浓密，连白发也没有。"

"你的额头已经秃了，所以机会的刘海也抓不住喽。"

"我的刘海为协助防止离婚而牺牲啦！因为没有那种不吃醋的太太啊……"

"我要生气啦！"

这对中年夫妇一边如此闲扯斗嘴，一边像往常一样吃了与往常一样的早餐。文子的心情倒显得不错。从刚才的话可以确认，她又想起了《十六七岁的少女》里的音子，可今天早上好像无心再翻过去那段往事的老账。

暴风雨似乎也过去了，外面趋于平静。然而，阳光仍然没有从云层裂缝中透射出来。

"太一郎还在睡吗？把他叫起来。"

"好。"文子点了点头说，"不过，我是叫不起来他的。他会对我说：'学校放暑假了，让我再睡一会儿……'"

"今天还要去京都吧！"

"在家吃过晚饭后，去机场就可以了。"

"……"

"他去那么热的京都干什么呢？"

"你直接问太一郎不是更好吗？听他说是突然想再去二尊院[1]后山，看看三条西实隆[2]的坟墓。好像打算以《实隆公记》为研究主题，写一篇学位论文……你知道实隆这

---

1 二尊院，位于日本京都市嵯峨的天台山寺院，正式名称为二尊教院华台寺。承和年间（834—848）由嵯峨天皇创建，以释迦与阿弥陀为本尊。
2 三条西实隆（1455—1537），日本室町后期的公卿、学者，香道御家流派的创始人。擅长和歌，致力于古典的保存和传统文化的复兴。著有日记《实隆公记》。

个人吗?"

"是位公卿吧。"

"肯定是公卿啦。应仁之乱[1]时,也就是在足利义政的东山时代[2],他的职位一直升至内大臣。他与连歌[3]大师宗祇[4]他们过从甚密,嗨,还是乱世之中致力于维护、传承文学艺术的一位公卿呢。他留下了《实隆公记》这部鸿篇巨制般的日记,人格风流高雅、很是有趣。听说太一郎要以《实隆公记》为主线,去调查研究所谓的东山文化吧。"

"是吗?二尊院在哪里呢?"

"在小仓山的……"

"小仓山,在什么地方来着?……你曾经带我去过的吧。"

"那是很久以前的事啦。不就是《小仓百人一首》中的小仓山的山麓吗?附近有好多关于藤原定家[5]传说的

---

1 应仁之乱,日本室町末期应仁元年至文明九年(1467—1477),以京都为中心发生的大混战。围绕足利将军家继嗣问题,幕府内部分成以细川胜元为首的东军和以山名宗全为首的西军,两军在各地开战,从此幕府势力减弱。
2 东山时代,日本文化史、美术史上划分的时代之一,即室町中期应仁之乱后的足利义政时代。足利义政创建并曾居于东山山庄(银阁寺),是东山文化中的一位重要人物。
3 连歌,日本和歌的一种,是从短歌形式派生出的独特的文艺形式。流行于平安至室町时代,至江户时代为俳谐所继承。
4 宗祇(1421—1502),日本室町时代连歌师,也称饭尾宗祇。著有连歌论集《吾妻问答》,编有连歌集《竹林抄》《新撰菟玖波集》等。
5 藤原定家(1162—1241),日本镰仓前期歌人、古典学家,《新古今和歌集》编纂者中最有实力的人物。著名的《小仓百人一首》为其选编的和歌集。

遗迹。"

"啊，是嵯峨啊！我想起来了。"

"太一郎说他也收集整理了可以作为小说插话的故事、无聊的琐碎传闻，劝我写进小说。他说那是些无聊的故事。还说，那些无趣的琐碎传说，大体上都是子虚乌有的瞎编乱造，或是胡诌八扯的传言，但能使小说的一些部分生动鲜活。乍看太一郎所说的见解，俨然自己是位堂堂大学者嘞！"

文子不表意见，仅仅略微点了点头，脸上浮出几乎观察不到的温情微笑。

"去把学者先生叫起来吧。"大木说着站起身来，"都到了老子开始伏案工作的时间了，岂有还睡懒觉的儿子？"

"好的！"

大木年雄进入书房独处一室后，便在桌前支肘托腮，正儿八经地重新思忖方才开玩笑说的"小说家的退休年龄"这句话。盥洗室传来漱口的声音。太一郎用毛巾擦着脸走了进来。

"起得这么晚！"父亲责备道。

"早就醒了，可一直在被窝里沉溺于幻想。"

"幻想……"

"爸爸，你知道皇女和宫[1]的坟墓被发掘了吗？"太一

---

1 和宫，即和宫亲子内亲王（1846—1877），日本孝明天皇之妹。因公武（朝廷和幕府）合体之策而于文久二年（1862年）下嫁第14代将军德川家茂。

郎说。

"和宫的坟被挖开了吗？"

"说是开挖，其实就是挖开了……"太一郎想使父亲惊骇的声音平静下来，说，"应该说是发掘。为了学术调查，不是经常发掘古墓吗？"

"嗯，然而，说起和宫公主的墓，还算不上是古墓吧。她是什么时候去世的……"

"一八七七年。"太一郎明确答道。

"一八七七年……那么，不是还不到一百年吗？"

"是呀。然而，据说和宫公主已完全变成一副白骨了。"

"……"大木皱起了眉头。

"据说枕头和衣服都没有了，也没有一件殉葬品之类的东西，仅仅一副白骨而已。"

"真是惨不忍睹啊！挖出来那样的遗骨……"

"据说那遗骸的姿态像是玩累的稚童，躺在那里打盹儿，姿态天真、优美。"

"是那白骨……"

"嗯。听说白骨的头颅后面，有一绺剪下的短发，这黑发仍散发着夭折女子的高雅气质。"

"你说的沉溺于幻想，就是幻想那白骨吗？"

"是的，但不仅仅是幻想白骨。那白骨中，蕴藏着美丽、妖艳、梦幻般的故事……"

"此话怎讲？"大木仍旧提不起兴致，跟不上儿子的思路节奏。挖开刚到三十岁就夭折的悲剧皇女的坟墓，考察鉴定那白骨，他觉得这举动粗暴无礼，所以内心生厌。

"怎么讲呢……其实，真是想不到的事呀！"太一郎说，"对了，我想让妈妈也来听听，我去叫她到这儿来好吗？"

太一郎拿着毛巾站在那里，大木向他轻轻地点了点头。

太一郎一边高声说着话，一边带着母亲回到了父亲的书房，把向父亲说的话又向母亲说了一遍。

大木为慎重起见，从走廊的书架上抽出《日本历史大辞典》中的一册，翻开和宫的那一页后，点燃了一支香烟。正在这时，他们娘俩进来了。

因为太一郎手持一本薄薄的杂志似的东西，所以大木张口问道：

"是发掘调查的报告书吗？"

"不，这是博物馆的杂志。博物馆有位叫镰原的，在题为《美能消逝吗？》的随笔中，写了和宫的梦幻般的故事。也许调查报告书中没有这些内容吧。"太一郎喘了口气，一边扫视着随笔一边说，"在和宫白骨的两只臂膀之间，发现了一块比名片稍大的玻璃板。据说那是在墓中仅有的一件与白骨放在一起的物品。因为是在芝公园增上寺的德川将军家的墓地发掘调查，所以和宫的坟墓也被挖开了……负责调查染织的学者认为，那块玻璃板或许是便携镜子，或许是湿版摄影照片，所以将其包入纸中，带回博物馆去了。"

"你说湿版,是玻璃的照片吗……"母亲问。

"哎,是在玻璃板上涂一种乳剂,趁湿的时候摄影显像……有以前的老照片吧。就是那个呀。"

"啊,是那个?我也见过呢!"

"染织学者在博物馆,把那块已经变得透明的玻璃从各种角度反光观察,说是看出来了一个男人的容姿……果然是张照片哩!是位身着武士服,头戴黑漆帽子的年轻人的容姿。虽然影像已经浅淡了……"

"是家茂将军的照片吗?"大木也被太一郎的讲述所吸引,问道。

"嗯。可以这么认为吧!和宫仅仅抱着先她而去的丈夫的照片变成了白骨,染织学家也是这么认为的,所以,考虑第二天或什么时候同文化遗产研究所商量,采用某种方法,使这张照片更加清晰。"

"……"

"想不到,第二天在早晨的光线下一看呀,那个影像消失得一干二净了。一夜之间,变成了一块剔明透亮的玻璃。"

"哎哟!"母亲望着太一郎的脸惊叹。

"可能那是因为长年埋在土中的物件接触到了地面上的空气和光线吧!"父亲说。

"是这样的。那不是染织学者因心理作用看到的幻影,而是实实在在的照片,这是有证人的。那位学者在察看照片时,正巧守卫员巡逻过来,就让他也看了看,守卫员也说确实显映着一位年轻男子的貌相。"

"是吗?"

"随笔上写着'这确实是一个虚幻缥缈的故事'。"

"……"

"殊不知,这位博物馆员是位文学家,所以不会以'虚幻缥缈'收尾,而是又加入了一些想象。和宫心爱着的人有位叫有栖川宫的吧。被白骨拥抱的照片,或许不是丈夫家茂将军,而是情人有栖川宫吧!会不会和宫在临终之际,密令侍女把情人的玻璃照片与自己的遗体埋葬在一起呢?这样的话,倒与悲剧性的皇女相吻合。他写的大概如此。"

"哦。都是想象呢!假如,那真是情人的照片,从坟中挖出后展现于世,一夜之间便完全消失,这倒是个好故事!"

"随笔上也是这么写的。那照片本该永远埋在土中,让秘密一直延续下去。展现于地上一夜,影像便完全消失,对于和宫来说,无疑是如愿以偿。"

"是啊。"

"'我认为这转瞬即逝的美,作家能够捕捉到并再现出来,将之升华为格调高雅的作品'——这是随笔上的结语。爸爸写不写呢?"

"呦,我好像写不出来呀。"大木说,"从挖掘现场着笔,若写成紧凑的短篇小说,倒还可以吧……然而,那篇随笔不是已经足够了吗？"

"是吗？"太一郎仿佛心有不甘地说，"今天早上我在被窝里读那篇随笔，沉溺于幻想良久，才打算告诉爸爸的。等会儿请您读读吧。"他将杂志放在父亲的书桌上。

"哦，我读读吧。"

太一郎正起身要走时，文子说：

"那具和宫皇女的白骨……她的遗骨被怎么处理啦？总不会送到大学或博物馆那种地方，作为研究素材吧？那可太残忍啦。是按原样埋回她的坟墓中了吧？"

"这个嘛，随笔上没写，所以我不知道。可能是恢复原样了吧！"太一郎回答。

"即使那样，可她抱着的照片没有了，骸骨不感到寂寞吗？"

"啊！我还没考虑那么深。"太一郎说，"爸爸，若是小说的结尾，要写到那种地步吗？"

"那将完全陷入感伤之中啦。"

太一郎走出了书房。文子也立起身来，说道：

"你要工作了吧！"

"不，听了刚才那些话，若不出去稍微散散步，情绪就转不过来了啊。"大木离开书桌，问道，"天晴了吧？"

"还有些阴云，不过，大雨过后外面凉飕飕的，不要紧吧？"文子在走廊看了看天空，说，"请你从厨房的门出去，稍微看一眼漏雨的地方。"

"刚刚你还说和宫皇女的遗骨是不是寂寞,话没落音就要我去看漏雨吗?"

散步穿的木屐放在厨房后门的鞋柜里。文子一边拿出丈夫的木屐摆好,一边说:

"太一郎讲了坟墓的故事,就要到京都去看坟墓,不要紧吗?"

"啊?"大木责问道,"什么……要紧什么呢?文子的话题真是跳跃再跳跃呀!"

"根本没跳跃。从听和宫皇女的故事时起,我便思考着太一郎去京都的事。"

"那是好几百年前的室町时代的坟墓呀!三条西实隆等人的坟墓……"

"去京都,太一郎是去见那位小姐的呀!"

大木又被搞得猝不及防。文子为丈夫摆木屐而蹲下,当然是低着头谈起太一郎去京都之事的,可现在她站起身来,与正要穿木屐的大木挨得几乎脸贴脸了。文子的那双眼睛直望着大木。

"你不认为那位美得可怕的小姐,是位可怕的人吗?"

与坂见桂子在江岛旅馆过夜的事,大木一直是瞒着妻子的,现在被问得一时无言以对。

"我有不祥的预感!"文子说。她的目光一直对着大木的脸。

"今年夏天还没打过像样的雷呢!"

"又说些不着边际的话。"

"如果今天夜里下起刚才那样的骤雨，说不定飞机会遭到雷击呢！"

"瞎说什么呀……在日本，还从没有飞机遭到雷击的呢！"

大木犹如逃离妻子似的走出家门。那么大的一阵雨也未拂去天上的雨云，阴霾的天空低垂着，湿气凝重。然而，纵使天空放晴了，大木也不会有闲情仰望天空吧。儿子到京都去见桂子的事，笼罩在大木的心头。虽然不能确切地知道是否是与桂子相会，但意外地被妻子这么一说，大木也开始相信太一定是去与她相会的了。

大木说要出去散步而离开书房时，本来是打算去北镰仓众多古寺中的某座寺院的，但妻子那句怪异的话打消了他的这个念头。此刻，一想到寺院里有坟墓他就感到厌烦。大木转而去爬离家很近的杂木丛生的小山丘了。那里散发着夏天雨后树木与山土的气息。当自己的身子完全隐没在树丛的叶片之中时，桂子的身子便袭上心头。

在桂子那美丽的身体上，首先鲜明浮现出来的是乳头。那是粉红色、透明般的乳头。日本人虽属黄色人种，却有比白种人韵味更加细腻、肌肤更加白皙更具光泽的女人。那是由女人体内透过肌肤而映照出来的白皙。比起西洋少女微含浅粉色光泽的白色肌肤，这种肌肤更加玄妙吧。单说少女的乳头的颜色，这可是任何国家的女人都没有的粉红色吧！那种粉红色，含有无法言表的、若有似无的色泽。桂子的肤色虽不是那么白皙，但乳头的粉红色，宛如刚清洗过一般，依然湿润。在略显淡褐色的光润的胸脯上，那乳头恰似花朵的蓓蕾一般，既没有难看的小皱纹，也没有凸起的小颗粒。衔在口中，与其说小得可爱，莫如说小得恰到好处。

然而，大木首先浮想起桂子的乳头，并非只是缘于它的美丽。在江岛的旅馆，桂子允许他抚摸右边的乳头，偏偏避开了左边的乳头。大木还要摸左胸时，桂子即刻用手掌紧紧地捂住了。大木抓住那手想拽开时，桂子便跳起来似的扭转身子。

"不要，不要呀！饶了我……左边不行……"

"嗯？"大木停止了动作。

"为什么左边不行？"

"左边的不能出来呀。"

"不能出来……"大木对桂子的言语茫然失措。

"不好呀，我讨厌的。"桂子仍然气喘吁吁。这句话也令大木一时难解。

桂子所说的"不能出来"，是指从乳房里不能出来什么东西吗？而所谓"不好"，是指什么不好呢？难道是左边的乳房鼓胀不起来，瘪凹着什么的？莫非是指扁平畸形之类？或是桂子顾虑太多，将其看作缺陷？或者，是左边与右边的乳头的形状不一样，年轻姑娘不堪被人看到而羞涩？大木如今才意识到，在那之前，桂子被抱起来放倒，她的胸脯和腿紧缩成一团时，桂子也是弯起左肘掩盖住左乳房，的确比右边更用力。然而，在那之前和之后，大木也见过桂子的胸部与双乳。纵然没有以审视的方式观察两个乳头的形状不同之处，但倘若左边的乳头形状怪异的话，应当是逃不过大木眼睛的。

事实上，大木曾竭力拽开桂子的手看了，并没发现左边乳头有什么异样。如若认真观察，左边的乳头要比右边的，仅仅是感觉上微微小一点点而已。对于女人来说，左右乳头有点细微差异并不鲜见，桂子为什么那么执着地想隐藏左边的呢？

受到躲避和拒绝，使得大木更想抚摸，他一边强烈索求左边的乳头，一边说：

"左边的，只让某一个人抚摸吗？有那种人啦？"

"不是那样。没有那种人。"桂子摇了摇头。她睁大眼睛直勾勾地仰视着大木。因为那双眸子距大木的脸太近，大木没能看清，但她眼中的湿润，即使不是泪水，也是悲哀的显现。至少，那不是接受着爱抚时的眼神。然而，桂子立即闭合眼睑，便已经放弃躲避，把左胸任由大木抚摸了。不过，那是"闭目心死"似的神情。大木看透了桂子的心思，松开了手指，桂子便发痒似的扭动着起伏的胸脯。

桂子右边的乳房是半处女，左边的乳房还是处女吧。

大木明白了桂子对左边与右边受抚摸的感觉是不同的。他也领会了桂子所说左边"不好呀"的含义。假若她是初次接受男子爱抚的姑娘，则这是相当大胆的申诉。抑或是年轻姑娘擅长的狡黠伎俩？对于左边和右边感觉相异的女人乳头，男人肯定会更受诱惑，自己同样也想品味个中快感。纵使那种相异是天生的，不能医治好的，那女人的异常也因异常反而更刺激男人，从而给男人留下非同寻常的印象吧。大木从未遇见过这种对左右乳头有不同感受的女人。

对女人们来说，当然都有各自的所好之处希望得到爱抚，几乎每个人都不一样吧，难道桂子对左右乳房感受的反差达到了极点？还有，其实一个女人的癖好就是对方男人的所好，就是说，男人的癖好呀习惯呀，也有不少原原本本地传递给了女人。倘若如此，桂子那感受能力更低的左乳头，对大木来说反倒成了理所当然的魅惑对象。而且，桂子左边和右边的不同感觉，恐怕是哪位初尝女人滋味的人所造成的吧？难道是那人给桂子留下了半边的处女地？由此一来，桂子左边的乳头尤为吸引着大木。然而，要想使左边与右边的感受一样，必须屡次重复才行，而且要花费相当长的时间吧。大木也不知道此后还有没有与桂子那么经常见面的机会。

何况，今天第一次搂抱桂子，就强求抚摸她不愿被触摸的左乳头，实属愚蠢之举。大木已经避开了桂子的左边，探寻桂子的身体中桂子喜好的地方。那地方找到了。随后，在达到了激情奔放的时候——

"老师，老师，上野老师！"听到桂子叫喊着音子的声音，大木惊呆似的怯阵了，而且被推开了身子。桂子离开大木端坐片刻，然后起身到梳妆台前，好像在梳理乱发。大木连头也没能转向那边。

又一阵强劲的雨声，使大木坠入了孤独。孤独，是多么地为所欲为啊！

"先生，您能安静地抱着我睡觉吗？"桂子折回大木跟前，嗲声嗲气地说罢，便伸头从下面窥探着大木的脸。

大木左臂搂着桂子的脖子舒展地躺下，一声没吭。对音子的回忆连绵不绝地浮现在大木的脑海中。是桂子将身子挨过来的。过了良久，大木冒出了一句。

"桂子小姐的气味散发出来啦。"

"桂子的气味……"

"就是女人的气息呀。"

"是吗？是因为太闷热吗……您讨厌吗？"

"不，不是天气闷热的关系。是女人的体香……"

被不厌烦的男人拥抱一会儿，女人的肌肤便自然而然地散发出一种气味来。纵然是少女，好像也不能自己抑制住那种气味。这气味不仅能强壮男性，还可使男人安神，得到一种满足感。这是女人有了许身亦可的心意，而由体内散发出来的气味吧。

大木不能这么露骨地说出，为了让桂子自身领悟到体香，他把脸贴向桂子的胸部。然而，在桂子呼唤了音子之后，大木就被桂子的气息所笼罩，只是沉静地闭着双眼。

因为有过那段往事，所以大木如今在杂树林中，即使回忆中的桂子身体迫近而来，但最终消退不尽而残留下来的，仍然是桂子的乳头。不，与其说残留下来，不如说只有桂子的乳头重新鲜活地显现出来。

"不许太一郎去见桂子。"大木断然地自语，"不许让他们相会。"

大木用力抓住了旁边的杂木枝干。

"如何是好呢？"他摇晃着枝干。雨珠还有少量浮在树叶上，这下子掉落到了大木的头上。土中似乎还残留着积水，大木的木屐前端已被濡湿了。大木环视着掩埋着自己的绿叶。那铺天盖地的郁郁翠绿，蓦地令人透不过气来。

为了不让太一郎在京都与桂子相会，大木觉得好像只得把自己与桂子在江岛旅馆同宿这等事告诉儿子，别无他法。如果不愿意这么做，那就给音子，或直接给桂子打个电报怎么样呢？

大木疾步赶回家，进门就问文子道：

"太一郎呢？"

"太一郎去东京了。"

"东京？现在就去了？不是晚上的飞机吗？是不是还回家一趟，然后再去？"

"不是。是羽田机场,回家再去太麻烦吧。"

"……"

"出门之前,他说先到大学的研究室去一趟,很早就走了。他说想带点放在研究室的资料去……"

"奇怪!"

"怎么了?脸色这么难看!"

"……"

大木避开文子的目光,进了书房。他既没能告诫太一郎,也没有打电报给音子或桂子。

太一郎乘六点的飞机飞向了大阪。在伊丹机场,桂子是独自来迎接他的。

"这,实在是……"太一郎不知所措地寒暄着,"没想到你会来接我,真不好意思。"

"你不说句谢谢吗?"

"谢谢!对不起了。"

看见太一郎炯炯有神的双眼,桂子便谦卑地低下目光。

"从京都来的吗?"太一郎说话还是笨嘴笨舌。

"是啊,从京都……"桂子温和地回答后,又说道,"我就住京都,如果不从京都来,那是从哪里来呢?"

"不!"太一郎也笑了起来,打量了一下桂子的和服腰带,说道,"打扮得这么漂亮,真是光彩夺目,我真怀疑自己的眼睛,这是来接我的人吗?"

"你说的是和服……"

"嗯,和服和腰带都漂亮,还有……"太一郎想接着说,还有头发和脸蛋儿。

"夏天,我喜欢整整齐齐地身着和服,腰带也扎紧些,感觉很清爽。我讨厌大热天穿得松松垮垮的。"

桂子的话语只是轻描淡写,但她的和服与腰带好像是崭新的。

"夏天,我喜欢素淡的东西,这腰带,够素淡吧。"

太一郎缓步向乘客行李领取处走去,桂子便跟在后面靠过来说:

"这条腰带,是我画的哦。"

太一郎转过头来。

"你看它像什么?"桂子询问。

"哦,是水吗?是河流?"

"是虹,无色的虹……仅是墨色的浓淡曲线,谁都看不出来吧?但我却想将夏天的虹缠绕在身哪。这是日近黄昏时分搭在山头的虹哟!"桂子转过身,让他看薄绢圆腰带的后面。鼓形结上画着绿色的山脉。那上面晕染的淡淡的深红色,是日暮长空的色彩吧。

"前面与后面并不调和吧?因为这是奇怪的女孩画的,所以算是奇怪的腰带吧。"桂子仍背朝着太一郎说道。那晕染的深红色的浓淡过渡,与拢上后发露出的细长脖颈的肤色,吸引住了太一郎的目光。

到京都的乘客，日本航空公司免费用出租车一直送到日航位于御池街的事务所。前面一辆车已经有四位客人匆忙混乘上去了，当太一郎刚一犹豫时，马上又开过来另一辆车，此时就只剩他和桂子两人了。汽车一出机场，太一郎便若有所悟似的说：

"这时候从京都赶过来，桂子小姐还没吃晚饭吧。"

"好讨厌。你总是说些生分的话。"

"……"

"我连午饭也不想吃呢。到了京都后再吃吧，一起吃。"随后，桂子耳语似的说，"我呀，从太一郎先生走出飞机舱口时，就一直看着呢。你是第七个出来的吧。"

"第七个……我是第七个吗？"

"是第七个。"桂子又明确地重复了一次，"你是光看着自己的脚下走出来的。根本没朝我这边看一眼呀。如果想到有谁来迎接的话，在走出飞机第一步时，就会向迎接人群这边观望的吧，谁都是……太一郎却低着头，糊里糊涂地走着！我到这里来迎接你，真感到难为情，好想找个藏身之处呢！"

"没想到你能赶到伊丹来接我呀。"

"为什么呢？那为什么在快信上写明飞机的时间呢？"

"我打算立个证据，证明我确实要来京都嘛！"

"像电报一样的简短信件，除了飞机的时间，其他什么也没写。我觉得你是在试探我吧？是不是试探我会不会

赶到伊丹来接你？即使明知被试探，我还是来迎接啦！"

"说我试探……倘若想试探的话，就像桂子小姐所说的那样，一出飞机就该寻找你来没来吧。"

"你也没写在京都的住处，如果不来机场迎接，我们怎么见面呢？"

"我是……"太一郎嗫嚅地说，"只是想告知桂子小姐，我到京都了。"

"没意思吧，这种话，我不喜欢……这算什么事儿呢，我不明白呀！"

"说不定，我那时会打电话的。"

"说不定……如果不是说不定，你不就不吭一声回北镰仓了吗？太一郎先生来京都，仅仅是想让我知道而已吗？那封快信，是为了戏弄桂子，使其蒙羞吗？就是来了京都，也不见面……"

"不，我是为了给自己增添与桂子小姐见面的勇气，才寄出快信的。"

"与桂子见面需要勇气……"桂子把惊讶化为娇柔的细语，"我是喜笑颜开好呢？还是不得不感到悲哀呢？应该是哪一个？"

"……"

"好啦，你不必回答……幸好我来接你啦。我，不是需要勇气才能见面的女孩，可是……是个时常心血来潮就极想死掉的女孩哟。你可以藐视我，也可以把我一脚踹走。"

"你在突然说些什么呀？"

"不是突然的。我就是这种女孩子。你这人无视我的自尊也无所谓。"

"我好像不是伤害别人自尊的人喔。"

"看样子是，但这样不行……你大可尽情地践踏桂子。"

"为什么说这种话？"

"不为什么……"从车窗吹进一阵风来，桂子用一只手轻轻压住头发，"也许是因为我很悲伤……刚才，你从飞机上下来，就忧郁似的低着头，一直走到了候机室，对吧？你为什么这样寂寞呢？难道对太一郎先生来说，就不存在前来迎接你、等候着你的那个桂子吗？"

其实并非如此。太一郎是一边思考着桂子的事，一边走过来的。然而，他没能告诉桂子。

"即使那种小事，也会使我悲哀的。因为我太任性……我要怎么做，才能让太一郎先生想着这世上存在一个叫桂子的女孩呢？"

"我总是在想着你呀！"太一郎的声音很呆板，"现在也这样……"

"现在也这样……"桂子喃喃自语地说，"现在也这样吗？我就在你身边，不可思议吧。因为不可思议，我也不再说话了。你说点什么……"

车子穿过茨木市和高槻市等处的新建工厂区。在山崎一带的山坳里，三得利的工厂在灯光中浮现出来。

"飞机没有颠簸吗？"桂子问道，"京都在傍晚时分，下了一阵骤雨，倾盆似的，我好担心呢！"

"虽然没怎么颠簸，但差点撞到山上去了，可吓人啦！从窗口往外一看，黑压压的山挡在前面，仿佛要冲向那里似的。"

桂子的手向太一郎的手探摸过来。

"是把黑云看作山啦！"太一郎说。他的手背在桂子的手掌下一动不动。桂子也久久不移动那只手。

车子进入了京都市区，在五条街向东转去。虽然连摇晃垂柳枝条的风儿也没有，但或许是骤雨乍歇之故，并不那么闷热。垂柳街树的翠绿，在夜色渐浓的宽阔街道上一直向远处延伸，那尽头便是东山。在云层低垂的夜晚，不能清晰地分辨山峦与天空。然而，在这五条街西边的尽头附近，太一郎已经感受到身在京都了。

车子北上过了堀川，沿着御池路行驶，抵达了日航事务所。

太一郎在京都旅馆已订了房间，所以他说：

"暂且先去旅馆放下行李。旅馆就在旁边，都能看到，我们走着过去吧！"

"不，不要嘛！"桂子摇了摇头，便钻进停在日航事务所前的出租车，催促太一郎也上了车。

"去木屋町，上三条街往北开。"她对司机说。

"途中请绕到京都旅馆停一下。"太一郎请求司机时,被桂子拦下了。她说:

"不必啦。不用绕道,请一直开吧。"

木屋町的小茶馆,要穿过狭窄的甬道才能进去,所以太一郎觉得很新奇。被领进去的四张半榻榻米的房间是面朝鸭川的。

"这地方挺好。"太一郎的目光已被河水所吸引,"桂子小姐,你竟然知道这样好的地方。"

"我老师常到这里来。"

"你说的老师,是上野小姐吗?"太一郎回头问。

"是的,是上野老师呀。"桂子一面应答着,一面起身走出了房间。是点餐去了吧,太一郎暗忖。不到五分钟,桂子便回到房间,坐下就说:

"若不嫌弃的话,你就住在这里。那边旅馆的房间,我已经打电话取消啦。"

"啊?"

太一郎顿时目瞪口呆,盯着桂子,而桂子则温顺地垂下眼帘,说:

"对不起!我只是想请太一郎先生住在我熟悉的地方。"

太一郎无言以对。

"求求你,就住在这里吧。在京都,不是也只停留两三天时间吗?"

"哎。"

桂子抬起了眼帘。她那短短的眉毛没加任何修饰，却构成了美丽整齐的可爱线条，在乌黑明亮的眼睛上方显得十分稚气。那眉毛的颜色令人感到比睫毛还要浅淡。口红似乎也是薄薄地涂了一层浅淡的色彩，而那不大不小的嘴唇，完美的形状令人难以置信这是嘴唇。脸上也看不出施过脂粉。

"讨厌！你这么盯着我看什么呢？"桂子眨着眼说。

"浓密的睫毛……"

"没安假睫毛哟。你可以拽拽看嘛。"

"其实，我真想捏住拽拽看呀。"

"可以呀。请……"桂子合上眼皮，一边把脸凑过去，一边说，"也许因为向上翘弯，所以显得长。"

桂子的脸一动也不动地等着，可太一郎却不敢伸手去捏那睫毛。

"请睁开眼睛。再稍微往上一点，把眼睛再睁得大一点。"按太一郎所说的，桂子做了这些动作后问道：

"是不是看正前方，望着太一郎先生……"

女侍者送来了日本酒、啤酒和小碟下酒菜。

"你喝清酒，还是啤酒？"桂子放松了肩膀说，"我是不会喝酒的。"

虽然面朝凉台的纸拉门半关着看不见那边，但那里的几位客人似乎已经微醺，还混杂着艺伎，他们的声音高亢起来。当下面河边的道路上走街串巷卖艺的胡琴声靠近时，他们便突然沉静下来。

"明天你打算做什么呢？"桂子问。

"先去二尊院，参拜后山的坟墓。是三条西家的坟墓，那可是座考究的墓呢。"

"坟墓……能让我一起去吗？我想请你带我到琵琶湖，我想坐汽艇哩！不一定非要明天去。"桂子看着电风扇那边说道。

"是汽艇吗？"太一郎好像有点犹豫，"我可从没坐过，不会开呀！"

"我会。"

"你会游泳吗？桂子小姐……"

"你是说假如汽艇翻了的话？"桂子望着太一郎说，"那就请你相救啦！你会救我吧。我会搂住你不放的。"

"抱住不放，这可是不行的。被紧紧抱住，便不能救人了。"

"那怎么做才行呢？"

"我抱住桂子小姐呀。从后面，把胳膊伸到腋下……"说着，太一郎仿佛目眩似的移开了目光。他胸中萌动出在水中抱住这美丽姑娘的感觉——如果不抱紧桂子浮出水面，两人都会有生命危险。

"就是汽艇翻了也没关系的。"桂子说。

"能否得救，我也不知道哟。"

"若不能得救，会怎么样？"

"别说这种话啦。我乘汽艇挺紧张的,还是算了吧!"

"汽艇是根本不会翻的,我想坐呀。这是我翘首以待的呀!"桂子往太一郎的杯子里斟上啤酒,"你不换上浴衣?"

"不,不换了。"

房间的一个角落里摆放着浴衣。男式的与女式的叠放在了一起。太一郎总是避免将目光投向那里。房间一定是桂子订好的,但备有女式浴衣是怎么回事呢?

这个只有四张半榻榻米的客房没有隔间。太一郎不可能当着桂子的面脱光衣服,换上浴衣的。

女侍者送来菜肴,但她不看桂子的脸,也没有说话。桂子也默不作声。

从下游不远处的凉台,开始传来三味线[1]的声音。这家茶馆的凉台上,客人们把酒言欢,喧闹声声,还有说大阪土话的,太一郎和桂子都听得一清二楚。拉着胡琴卖唱的感伤流行歌曲声渐渐远去了。

在房间中坐着,便望不见鸭川了。

"你来京都,先生知道吗?"桂子问。

"家父吗?他知道。"太一郎回答,"然而,桂子小姐来伊丹迎接我,我与桂子小姐一起在这里,是家父想不到的吧!"

---

[1] 三味线,日本传统弦乐器,起源于中国的三弦。

"真开心！太一郎先生瞒着父母，来与我会面……"

"虽然不是你所说的瞒着家父……"太一郎吞吞吐吐地说，"但却演变成瞒着的吧。"

"不过，就是那么回事。"

"桂子小姐的上野老师那边……"

"我什么也没说呀。不过，大木先生也好，上野老师也好，也许都用第六感早看穿了呢！若是那样的话，我会憋在心里，更开心哪！"

"不会那样的。我这边的事，上野老师不是不知道吗？桂子小姐，你向她说过什么吗？"

"去北镰仓拜访府上回来后，我说过太一郎先生带我浏览镰仓了。当我说'我喜欢他'时，上野老师的脸色顿时变得铁青！"

"……"

"大木先生是她那么凄苦爱恋的对象，你觉得上野老师能对其公子不感兴趣吗？我老师被迫与大木先生分手后不久，太一郎先生的妹妹便出生了，上野老师对此深感悲哀，这也是我从老师那里听说的呀。"桂子乌黑的眸子闪烁出锐利的光芒，脸颊泛出薄薄的红晕。

太一郎无言以对。

"上野老师如今正创作一幅名为《婴儿升天》的画作。画中是婴儿坐在五色彩云上面，可老师对我说，实际上这个婴儿是不会坐的呀，因为八个月便早产夭折了……"桂子喘了口气,接着说,"倘若那个孩子活下来,就成太一郎先生的妹妹啦。对太一郎先生的真正妹妹来说,那可是姐姐啊。"

"你为什么对我说这些事呢?"

"我想为上野老师报仇。"

"报仇……对我父亲吗?"

"是的呀。也对太一郎先生……"

"……"

太一郎没能完全剔除盐烤香鱼的刺。他的筷子尖儿好像不听使唤似的。桂子把太一郎的香鱼碟子挪到自己跟前来,灵巧地把鱼刺剔除掉,说:

"大木先生说过我的什么事情吗?"

"倒没有,什么也没说过……因为我和家父不谈桂子小姐的事。"

"为什么?为什么呢?"

对于桂子的问话,太一郎的脸色阴沉下来,好像被人惹恼似的。

"与家父从没谈过女人的事。"太一郎冒出了这么一句。

"女人的事……你说是女人的事……"桂子的脸上浮现出了美丽的微笑。

"桂子小姐说为了上野老师,对我也要报仇?那是怎么样的报仇法……"太一郎以冷冰冰的声音问道。

"你问我是怎么样的报仇法,若是说穿了,便没意思了，也就是这个样子嘛！"

"……"

"我所说的报仇，不就是喜欢太一郎先生吗……"桂子目光远望，仿佛在看对岸的沿河大道，"你会觉得这很奇怪吧？"

"不，让我喜欢上桂子小姐，才是桂子小姐的报仇吧……"

桂子颔首。那是身心释然、坦率真诚的颔首。

"这是女孩子的嫉妒呀！"桂子喃喃自语。

"嫉妒……嫉妒什么……"

"因为上野老师如今仍一直爱着大木先生……因为她遭了那么大的罪，却丝毫也不憎恨……"

"桂子小姐就那么爱上野老师吗？"

"是的，爱之入骨……"

"家父对往昔的补偿，我无法承担，但与桂子小姐这样的会面，也是和上野老师与家父的昔日因缘相连着的？必须这样认为吗？"

"是这样，没错。"

"……"

"假如我不在上野老师那里的话，对我来说，就如同这世上没有太一郎先生的存在，我也不会同你见面吧……"

"我不喜欢这种想法。年轻的小姐这样思考，是被过去的亡灵附身啦。无怪桂子小姐的脖子纤细。纤细倒是漂亮，可是……"

"脖子纤细，是因为没有爱过男人……是上野老师这样说的。桂子的脖子若变粗，那可就讨厌啦！"

太一郎抑制着想抓住桂子的美丽脖子的欲望，说道：

"那是魔怪的私语呀。桂子小姐正处在咒语的束缚之中啊。"

"不！我是处在爱之中。"

"上野老师对我的事什么也不知道吧！"

"不过，在北镰仓府上会面回来后，我对上野老师说过，我觉得太一郎先生与其父大木先生年轻时好像是一模一样的。"

"不对！那是……"太一郎激动起来，"我不像家父。"

"你生气啦？长得与父亲相像，你不喜欢吗？"

"自从机场见面以来，桂子小姐对我撒了不少谎吧？你的真心何在？尽说些蒙骗我的谎言。"

"我没有撒谎啊！"

"那么，你这人就是用这种方式说话？"

"你说得过分了吧？"

"说可以践踏你，是桂子小姐亲口说的吧！"

"你是不是在想，这个女孩子若不被践踏，是不会说真话的？我没有撒什么谎呀。只是太一郎先生不了解我啊。你的真心何在？将其隐瞒住的，不正是太一郎先生吗？悲哀呀！"

"真的悲哀吗？"

"是的，真悲哀。是悲哀？是高兴？我不明白啊。"

"为什么会与桂子小姐在这里，我也不明白。"

"不是因为喜欢我吗？"

"这个我知道，可是……"

"可是什么……"

"……"

"可是什么呢？可是什么呢？"桂子抓起太一郎的手，包在自己的两个手掌中摇晃着。

"桂子小姐，你还什么都没吃呢！"太一郎说。桂子仅吃了两三片鲷鱼的生鱼片。

"结婚筵席上的新娘子，是不能进食的吧。"

"看看，你就是说这种话的人。"

"不正是太一郎先生，说起吃东西的事吗？"

苦夏

音子是苦夏体质。

在东京的少女时代,音子没有在意自己是否苦夏,而且也记不清了。迁居到京都后,她才清楚地知道自己苦夏,那时她已经二十二三岁了。这还是母亲告诉她的。

"音子也苦夏呀。由我遗传的体质,终于显现出来了。"母亲说,"弱点倒相像呀。本以为你是个刚强的女孩,可体质上却毕竟是我的孩子哩。这可是不可抗争的吧?"

"我并不刚强呀。"

"脾气暴躁哟。"

"我不暴躁呀!"

刚强也好,暴躁也好,母亲所说的准定是与大木恋爱时的音子。然而,那恋情难道不是超越脾气刚强与柔弱等个性的少女痴情吗?不是疯狂的执着吗?

迁居京都,是母亲想排解、消除音子的悲哀的良苦用心,所以母亲与女儿都回避提及大木年雄的名字。然而,在这人生地不熟的城市，唯独心灵受过创伤的二人成天相依相伴，更使她们不得不窥视彼此心中的大木。母亲视女儿为映着大木的镜子，女儿视母亲为映着大木的镜子，那面镜子中又互相映着她们二人。

某次音子在写信时，一打开《国语辞典》，那一页上的"思"字便闯入了她的眼帘。在日本语中，"思"字有爱慕的意思，忘不了的意思；也有悲哀的意思。音子的目光在搜寻的过程中，心胸感到非常沉闷。她恍恍惚惚，也无法继续查辞典了。音子惧怕那本辞典，再也没有碰过它。《国语辞典》中也有"大木"这个词条。辞书中能唤起对大木思念的词条数不胜数吧。所见所闻都与大木相连，这只说明音子仍然活着，别无他解。音子怎么也不能认识到自己拥有一个大木所爱之外的身体。

音子深知，母亲想使她忘掉大木。这是母亲作为寡母对于孤女的唯一心愿吧。然而，作为女儿的音子，并不希望忘掉大木。既然忘不掉，索性就别刻意去忘吧，好像这也成一种寄托了。若非如此，岂不成为一具只剩空壳的躯体了吗？

之所以十七岁的音子能够从有铁格子窗的精神科病房出来，也是因为与大木的爱根植到了音子心灵深处，而不是那份爱起到了镇痛作用。

"真可怕。要死啦，我要死掉了。别这样，别这样，已经……"音子曾被大木搂抱着，不顾一切地挣扎。大木一松开手，音子便睁开了眼睑。明亮的眸子，湿润晶莹。

"看不见啦，宝贝的脸蛋儿，就像摇晃在水中似的，模模糊糊的啊！"这种时候，十六岁的小姑娘也把三十一岁的大木叫作"宝贝"。

"我呀，如果先生死了，我也不想活了。真的，活不下去了呀。"音子的外眼角闪着泪花。那不是悲哀的泪水，而是湿润的双眸因身心放松，被涌出的更多的温润的琼液所濡湿了。

"倘若音子姑娘死了的话，就没有像音子姑娘这样思念我的人了。"大木说。

"喜爱的人死后，再成天思念着那个人，我可是受不了的啊。我做不到啊。倒是死了的好。哎，让音子也死吧……"音子把脸贴在大木的喉头上摇晃着。

大木虽把这些话当作是少女的喁喁情话，但沉默了一会儿，却说：

"假如，我被手枪对着，或被刀子捅时，能站在我的前面庇护我的，只有音子姑娘吧。"

"是的。我会随时替你而死！痛痛快快地……"

"我不是想让你那样替我去死，而是当意想不到的危险在向我迫近时，能拼命地保护我……刹那间就挺身而出。"

音子点点头，说：

"会那样做的呀。肯定……"

"能为我这样做的男人，是没有的啊。舍命守护我的，只有你这个小女孩啦。"

"我根本不小啊。我，根本不小啊。"音子重复说了两遍。

"已经不小的地方，是这里……"大木伸手探摸音子的胸脯。

那个时候，大木也想到了音子的腹中已有了自己的孩子。他甚至想过，假如自己遭遇不测而死，那个孩子也会和音子一起消失吧——这是后来，音子读了大木的《十六七岁的少女》才知道的。

母亲曾说到了二十二三岁，音子也会苦夏，也许这是说音子快到这个年龄段了，但也可能是母亲考虑到那时音子便不会为思念大木而消瘦了。

音子是个天生溜肩膀、细骨架、身段窈窕，却很少生病的少女。她经历了大木的孩子的早产，和大木的恋情破灭，自杀未遂，住进了精神科病房，在那段多舛的时光中，她当然身体瘦弱，神色呆滞，但是她的身体早于心理康复了。音子那伤痛未愈的心灵，反倒因自己那种年轻体健而生厌。倘若不因思念大木而眼中浮现出忧愁，人们根本看不出这姑娘内心还藏着悲哀吧。她那忧愁的眼神，会被人们当作年轻姑娘的焦躁尘虑，反而愈显音子的美丽吧！

音子自幼便知道母亲是苦夏体质。当母亲汗流浃背时，她就为母亲擦背拭胸，这是音子对母亲的一种亲近。尽管如此，她却眼见母亲夏天消瘦而从不说起，这是因为音子对怯暑的母亲已经习以为常了。然而，在母亲告诉她她也遗传了那苦夏的体质之前，音子根本没想过自己也是苦夏，这也许是出于年轻粗心吧。从快到二十岁开始，音子也有些苦夏了。

在京都过了二十五岁后，音子就一直身着和服，所以不像穿裙子或裤子那样，即刻能感到身子变得纤细，但在身体的各个部位，仍能看出因苦夏变瘦了。而且，苦夏必让音子想起逝去的母亲。

音子的苦夏、怕热，似乎在随着年龄的增长而加重。

"治疗苦夏的药，哪个好呢？报纸上登出了好多药品广告，妈妈，您用过没有？"有年夏天，音子试着问过母亲。

"这个……好像都有效，又好像都没效果吧。"母亲不着边际地回答。少顷，她又郑重地说：

"音子，对于女人的身体，最好的药就是结婚哪。"

"……"

"人世间，赐予女人生命的药品，是男人哪。女人都是非服不可的。"

"如果是毒药呢……"

"是毒药也要服呀。音子在懵懂之中服了毒药，可如今你仍然不认为那是毒药吧。不过，所谓的排毒良药是确实存在的。另外，还有以毒攻毒的药呢。即使那药苦口，也要闭上眼，把男人一口吞下去看看。也有令人恶心欲呕、难以吞咽的药，可是……"

音子最终也没有服用男人这种女性用药，便与母亲死别了。女儿的这一点，肯定会令母亲死不瞑目的。也正如母亲说过的那样，音子从没认为大木是毒药。即便被关在有着铁格子窗的病房里时，她也没憎恨过大木，只是思慕得精神癫狂了。音子为寻死而喝下的剧毒药，在短时间内，就从音子体内排得一干二净了。或许可以认为大木年雄和大木的胎儿也总算从音子身上被彻底清除掉了，也可认为不必纠结那些残留的痕迹了，但音子与大木的爱，既没从她的心中消失，也没有变得淡薄。

只是，时光在流逝。然而，对于一个人而言，所谓流淌的时光，未必只有一股吧！在一个人身上，不是有好几股时光在流动吗？若将其比作河川，时光在人身上，有的地方流得湍急，有的地方流得舒缓，有的地方停滞不流。再者，就时光而言，以万众同速流动着的是天，以各自相异的流速流动着的是人。时间对所有的人都是同速流逝，而人则流动在各自不同的时间之中。

十七岁的音子变成了四十岁。然而，在音子内心存有大木之处，时光是不曾流逝、停滞不前的吧？或者，也可以这样说吧，宛如漂浮于河川的花朵随着流水而四处漂泊，音子是与自己心中的大木一起，共度流淌而去的时光。——在大木的时光流淌中，音子是如何漂浮的，这是音子全然不知的。至少，即使大木不会忘掉音子，与大木一起流逝的音子的时光，也和大木流逝的时光是不同的吧。纵令是当前的恋人，两人的时光流逝也不相同，此乃不可规避的宿命。

今天音子醒来，也与近来早晨所做的一样，用指尖轻轻揉了揉额头，再摸了摸脖颈和腋下。全是湿漉漉的。每天更换的睡衣上，也令人感觉吸附着肌肤渗出来的湿气。

桂子喜欢音子这种使肌肤更加滑爽且散发出体香的湿气，她时常想帮着音子脱下贴身的衣服。音子却对汗臭味厌恶至极。

然而，昨天晚上，桂子过了十二点半才回来，她避开音子的视线跪坐下来，膝头的动作也显得僵硬呆拙。

音子躺在床铺上，好像在用团扇遮挡天花板上的灯光，凝望着钉在墙上的四五幅婴儿面部素描。她似乎看得太入神了，向桂子瞥了一眼，只说了句："你回来了，好晚呀。"

音子在妇产科医院，没有看到八个月就早产的婴儿。仅仅被告知那婴儿已长出乌黑的头发。她向母亲询问是个什么长相的孩子时，母亲回答说：

"是个可爱的孩子哟。好像长得像音子。"

可音子也感到这只不过是一种安慰吧。而且，音子从未见过真实的刚生下来的婴儿。近几年虽然在照片上见过，可似乎都是难看的。的确，产妇分娩时的照片，甚至婴儿脐带还与母亲相连的照片全都能看到，着实令人震惊，但那些图像却也非常可怕。

因此，对于音子来说，自己孩子的面容和身姿是不会浮现在眼前的。那图像只是心中的幻象。《婴儿升天》中的婴儿，不是八个月早产夭折的婴儿的脸蛋儿，音子自己十分明白，而且她也根本没有打算采用写实绘法。她力求把对尚未成形便消失的生命的哀惜和爱怜，展现于绘画之中。这一愿望因长年累月挂在心头，所以作为憧憬的幻想而寓于音子的心底。音子悲伤时屡屡思念的，便是这死婴的幻象。能存活到今天的自己，也必须在这幅画中得以象征。与大木相爱的美丽与哀愁，也必须贯穿于这幅画里。

然而，音子画过来画过去，也没画成那个样子的婴儿脸庞。音子当然见过圣母抱着的耶稣或小天使的面容，但那大都是五官端庄的，或是大人气质小型化的，或是虚构的神圣尊容。音子想描绘的，不是那种强劲明朗的面容，而是人世和阴间都没有，只在隐约的梦幻中存在的佛光辉耀下的灵魂。那是能使世人温柔安详的精灵神姿。而且，那画像本身，就如充满着无限哀愁的深渊。不过，她不想采用偏重于抽象的画法。

她只是对婴儿的面部持有那种期望，而不足月就夭折的婴儿身体，如何描绘为好呢？背景与点缀物如何处理为好呢？音子也反复翻阅了雷东[1]与夏加尔[2]的画集。但是，富于幻想的夏加尔，也没有诱发出音子在东洋画风观念方面的灵感。

对音子来说，比起西洋画，日本的古画稚儿太子图更加鲜明地再次浮现出来——稚儿太子图是基于弘法大师[3]的传说创作的，画面中是年幼的大师于梦里，在八叶（八枚花瓣）的莲花中，与佛陀交谈的姿态。在莲花上面端坐的稚儿太子的图案样式，已成为恒定的了。最古老的画作中的太子是庄严清高的，但随着时代变迁，逐渐流于艳丽雍和，竟也衍变成美少女般的"稚儿"了。

五月的满月祭之夜，桂子说"请您画我"时，音子就想尝试将她画成"稚儿太子"风格的古典式的"圣处女像"，这或许也是内心蕴藏着《婴儿升天》的缘故吧，当时她意识到这一点了，但觉得姑且也就那样吧，而到了后来，音子头脑中又冒出了新的疑惑。就是说，无论是探索描绘死去的婴儿的构思，还是诱发描绘桂子的构想，脑

---

1 雷东（1840—1916），法国画家。早期从事黑白版画创作，作品富有梦幻般的象征色彩。晚年改作油画和粉笔画，色彩丰富，充满神秘的意境。作品有石版画《在梦中》等。

2 夏加尔（1887—1985），犹太人画家，生于白俄罗斯。善作印象派风景画。作品有《我和我的村庄》、巴黎歌剧院天顶画、圣经版画插图等。

3 弘法大师，即空海和尚（774—835），弘法大师是他的谥号。日本佛教真言宗创始人。804年渡至中国，师从惠果学习密教秘法。806年返回日本，816年在高野山创建金刚峰寺。擅长书法，为日本"三笔"之一。著有《三教指归》《十住心论》《性灵集》《文镜秘府论》等。

海中都会浮现出来稚儿太子的画像，这也许是音子醉心于那幅画的印证，同时，抑或也是音子本身的自我爱慕、自我憧憬的表象吧？音子是否在稚儿太子的画像中，看到了所向往的自画像呢？夭折婴儿的画像也罢，桂子的画像也罢，其实不都潜藏着音子画自画像的心愿吗？稚儿太子风格的圣幼儿像，或圣少女像、圣处女像的幻象，不通通都是圣音子像的幻象吗？音子的这个疑惑，犹如用自己的手，不按自己的意志向自己的胸膛刺进了利刃。音子没再用那利刃把胸膛剖开来观察。她拔出了利刃。然而，留下的伤痕却时时作痛。

音子当然没想原封不动地借用稚儿太子图的样式来描绘夭折的婴儿以及桂子。可是，在构思那些画之初，稚儿太子便浮现出来了，这不是说明音子想画其中任何一幅画的时候，心底都潜藏着稚儿太子吗？从《婴儿升天》的标题与《圣处女像》的标题，就已经可以感受到这一点。音子的心愿是凭借自己的画作，净化甚至圣化对夭折的婴儿以及桂子的爱。音子不大好意思将桂子的肖像画取名为《圣处女像》，便试着对桂子调侃，说将标题设为《一位少女抽象画家》倒很风趣。不过，桂子的画作按今天的定义能否列入抽象画类别中，音子当然没有认真思考过。然而，音子那天晚上说要怀着爱画成佛画那样，倒是肺腑之言。

桂子首次来到音子这里时，曾将音子母亲的肖像画看成是音子美丽的自画像。自那以后，音子见到一直挂在墙上的母亲的肖像画，与其说时而会想起桂子的这一看法，倒不如说音子不能忘却桂子表达如此看法时所说的话。母亲的肖像被描绘得那么年轻美丽，时常被人看成是音子的自画像，这是缘于音子对母亲的思慕，但实际上，画中也许还描绘出了音子本身的自我爱慕。那不全是因为母亲的脸型与音子相似吧。也许是音子一边画着母亲，一边画着自己。

自不待言，对画家来说，不论是静物画还是风景画，一切画作均是画家的心灵自画像、性格自画像，是一种自我表现，而在母亲的肖像画之中，那些与音子紧密关联之处，却流淌着骨肉亲情和温润的悲哀，好像那幅画成为音子自身的画像了。说起温润，稚儿太子的图像也不能说不温润。比稚儿太子的画作更卓越的佛画，或者仕女图，在日本的古画中举不胜举。而且，之所以音子尤能浮想起稚儿太子图，皆因那是端庄秀丽的幼儿像，同时也是因为那画像中还存有伴随着虔敬的甘美吧。不信奉弘法大师的音子，在稚儿太子的画像中，是否婉转地寄托了自我思慕、自我憧憬呢？肖像的甘美是会接纳哀伤的。

音子对大木年雄的爱，对死婴的爱，对母亲的爱，如今仍然延续不断，可那些爱，会与音子触手可及的现实一道，一成不变地延续下去吗？那些爱的本身，是否正在不知不觉中变成音子的自恋呢？当然，音子自己不会察觉。

她既没有对这种衍变怀疑过，也没有回顾自省过。音子与婴儿死别，与大木生离，与母亲永诀，这些人虽然一直活在音子心里，但活在音子心中的，实际上不是这些人，而是音子自己一个人。大木在音子心中的所占之处，时光的流淌并不会停滞不前吧。音子伴随着自己心目中的大木，一起偕同时光的流淌而前行。这样一来，和大木相爱的回忆，染上了音子自爱的色彩，实际上也许已经完全走样了。音子从没考虑过，过去的回忆统统都是妖魔鬼怪、饿鬼亡魂……从十七岁时与大木被迫分离，音子如今已经四十岁了，她既没有恋爱，也没有结婚，孤单一人挺了过来。作为这样的女人，音子十分珍惜并留恋这悲哀的爱的回忆，也许是很自然的，而那种留恋逐渐带上自恋的色彩，或许也是很自然的。

音子沉迷于女弟子桂子这位同性姑娘，纵然起初是桂子纠缠贴靠过来，但这不也是音子出于自我思慕、自我憧憬所采取的一种姿态吗？若非如此，当桂子说出"老师，您为我画吧……就如您所说，在我成为妖妇之前……求您了。裸体也可以"时，音子是不会考虑按照佛画风格，把桂子描绘成稚儿太子那种样式——坐在莲花瓣台座上的圣处女像风格的吧？音子难道不是凭借把桂子画成那种姿态的少女，来把自己净化得圣洁可爱吗？爱过大木的那位十六七岁的少女，永驻于音子的心底，仿佛她从未成长。然而，音子不知道这些。她从没为了知道这些而动脑思

考过。

——音子对自己的体味,尤其是汗臭持有洁癖,而京都的夜晚特别闷热,肌肤上渗出的汗几乎把睡衣都浸潮了。音子本应一醒就起床的,可今天早上却歪着头枕在枕头上,面对墙壁看了一会儿昨晚审视过的婴儿素描。八个月就早产的婴儿,只在极其短暂的时间内在这世上得以呼吸,可是音子在《婴儿升天》里想描绘的,是没有出生到人间世界的孩子,是没有来过人间世界的孩子,即所谓的精灵之子,所以那幅素描是难以把捏且难以定稿的。

桂子背对着音子,还在酣睡。她把麻布薄被扯到了胸部以下,被头则夹在腋下。因为是侧卧,所以双腿没有不成体统地叉开,但脚踝以上的部位已露在了被子外。桂子大多时候都身着和服,不太穿高跟鞋出门,所以细长的脚趾关节没有凸起,当属修长好看的类型吧。然而,对于那骨骼长得尤为修长的纤细脚趾,音子总觉得和自己相比有点另类,所以养成了在看桂子身体时,尽量避免将目光投向桂子脚趾的习惯。然而,倘若不看那脚趾而只握在手中,就会感觉到自己那个时代的身体所未曾有过的奇妙快感。宛如握着的是与人类不同的生物的脚趾似的。

从桂子那边传过来了香水味。作为年轻姑娘使用的香水,这香味未免过于浓重了。音子当然知道,桂子有时会用这种香水,但昨天桂子是为了什么才用的呢?音子心中不由得萌发出了疑虑。

昨晚，桂子下半夜才回来，音子并没怎么思虑她去了哪里。这是因为那时她一直审视着挂在墙上的婴儿素描，心神全部倾注在了画作上。

桂子也没有去浴室擦拭身子，就匆匆进了被窝睡着了。之所以音子认为桂子睡着了，也许是因为音子比她更早睡着了。

音子起床后，就绕到桂子床铺的那边，在微光中低头看了看桂子的脸庞，然后拉开防雨套窗。桂子一向睡醒后神清气爽，即使在比音子晚醒的早上，只要音子依次拉开防雨套窗的声音一响，她也会立刻起床来帮忙。但今天早上的桂子，只是在床铺上抬起半个身子，盯着音子的动作。待音子将隔扇和防雨套窗全都拉开回到房间，桂子才说：

"对不起，老师。昨晚直到将近三点钟还没睡着……"她边说边起身，先从音子的床铺开始收拾起来。

"太闷热了，睡得不好？"

"是啊……"

"啊，睡衣请不要叠了，那是要洗的。"

音子抱着那件睡衣，到浴室擦拭身体去了。桂子也来到了浴室里的盥洗处，好像连刷牙也急匆匆似的。

"桂子，你也洗一洗身子吧。"

"好的。"

"好像昨晚的香水还残留着你就睡着了呀。"

"是吗?"

"什么'是吗'?就是哟!"音子对桂子心神不定的表情不放心,问道,"昨晚你到哪里去了?"

"……"

"还是洗洗吧。你不觉得难受吗?"

"哎,过会儿……"

"过会儿?"音子望着桂子说。

音子从浴室出来时,见桂子打开衣柜的抽屉,正在挑选和服。

"桂子,要出门吗?"音子声音严厉起来。

"是的。"

"与人有约会吗?"

"是的。"

"是哪位……"

"太一郎先生。"

音子一时不明就里。

"是大木先生的那位太一郎先生。"桂子毫不畏怯,明确答道。仅仅将"儿子"这个词省略了。

"……"音子一声也不吭了。

"太一郎先生昨天来京都,我到伊丹机场去迎接他,约好今天带他游览京都的。也许是他带我游览呢……老师,我没向老师隐瞒任何事啊。今天先去二尊院,太一郎先生说想去看山上的坟墓。"

"坟墓……山上的……"音子说道，但声音低得连自己的耳朵都听不见。

"据说是东山时代的一位公卿的坟墓。"

"哦？"

桂子脱下睡衣，就那样裸背对着音子，说：

"还是得穿长衬衣呀。看样子今天也很热，可只穿贴身衬衣，有失礼仪吧？"

音子也没言语，盯视着桂子穿和服。

"把腰带束紧……"桂子把手绕往身后，用力勒拽。

音子从镜子中看到化着淡妆的桂子的脸蛋儿，而桂子好像凭借那面镜子，也看见了映出的音子面庞。

"老师，请别这么板着脸……"

音子忽然回过神来，想把冷峻的表情松缓下来，可面部却发僵。

桂子对着三面镜的边镜，用手指摆弄着耳朵上的头发，这个动作是耳朵形状漂亮的桂子化妆完了的标志。接着，她欲站起身来，却又坐下伸手拿起香水瓶。

"昨天的香水味儿不是还残留着吗？"音子皱着眉。

"没关系的。"

"桂子，你有点心神不定啊。"

"……"

"桂子，你为什么去见他呢？"

"太一郎先生说是要到京都来，还告诉了我飞机的时间。"

"……"

桂子一站起来，就把方才拿出来挑选的三件单衣中的两件，草草叠了一下，放入了衣柜中。

"叠整齐再放进去。"

"好的。"

"要重新叠好。"

"好。"然而，桂子根本没有回头看一眼衣柜。

"桂子，你到这里来！"音子的声音严厉起来了。

桂子在音子面前坐下，便直勾勾地看着音子。音子倒把目光移开，说了句意想不到的话。

"早饭也不吃就出去吗？"

"昨晚吃得很迟，所以现在不吃了。"

"昨晚……"

"是的。"

"桂子，"音子郑重其事地说，"去见面，打算干什么呢？"

"不知道。"

"是你想去见他吗？"

"是的。"

"是桂子想去见他吗？"这从桂子神不守舍的样子便一目了然，可音子还是像自我求证似的说，"为什么呢？"

桂子没有回答。

"你不能不去见他吗？"音子将目光垂落在膝上，"我希望你不要去见他,请你不要见他。"

"为什么呢?这与老师,不是没有关系吗?"

"有关系的。"

"老师不认识太一郎先生的。"

"桂子都去过江岛的旅馆了,就这样,竟然还能去见他?"

音子在责备桂子,明明和其父在旅馆同宿过,却还兴冲冲地同对方约会,不过现在音子口中并没说出"大木先生"以及"太一郎先生"这两个名字。

"虽然大木先生是老师往昔的恋人,可老师从没与太一郎先生谋过面,与老师没有什么关联呀。他只是大木先生的儿子罢了。"桂子说,"又不是老师的孩子……"

"……"

桂子的话刺痛了音子。她不由得回想起了往事:自己十七岁时早产生下了大木的孩子,孩子死了,其后,大木的妻子生下了一个女儿。

"桂子!"音子喊道,"你在诱惑他吗?"

"是太一郎先生把飞机的时间通知给我的呀!"

"已经到了去伊丹迎接,一起漫步京都这种地步的交情了吗?"

"真难听,老师,什么交情不交情的。"

"倘若不是交情,那叫什么?叫关系吗……"音子用手背拭去苍白额头上沁出的冷汗。

"你是个可怕的人啊！"

桂子的双眸中多了妖冶的光芒。

"老师，我最讨厌男人了……"

"别说这些了。你还去？请你别去。如果还要去见面，那就别再回来了。出了这个门，就别再回到我这儿来！"

"老师！"桂子的眼睛似乎湿润了。

"你说，你对太一郎先生打的什么主意？"音子放在膝头的手在颤抖，这是她第一次从口中说出"太一郎"这个名字。

桂子倏地站了起来，说："老师，我走了。"

"你别去啊！"

"老师，请揍我吧，就像去苔寺的那天那样，再揍我……"

"……"

"老师！"桂子站住了，但旋即转身而去。

音子顿感冒出一身冷汗。她凝望着庭园中方竹的叶片上闪烁着的朝晖。她起身向浴室走去。大概把水龙头开得太大了吧，她被水声吓了一跳，慌忙拧紧了水龙头。她把水流调细，擦拭了身子。情绪倒是稍微沉静下来了，但觉得头脑中仍残留着一个硬结。她把湿毛巾敷在了额头和后颈上。

回到房间，她在能看到母亲肖像与婴儿面部素描的地方坐了下来。自我厌恶感蓦地贯穿了她的脊背。那种自我厌恶感仿佛来自与桂子的共同生活，可现已扩散到整个自我存在，与其说音子感到悲哀，毋宁说她觉得无情可怜、虚脱无力。她是为了什么活过来的？为什么活着？

音子想呼唤母亲。随后，她油然浮想起了中村彝[1]的《老母像》。《老母像》是这位画家的临终之作，所以当然是中村留下老母而去世了。画家的绝笔是《老母像》，即使仅从这个意义上来讲，这幅画也已沁入了音子的心房。音子仅在画集中见过这幅画，没有看过真品，所以确实难以理解其含义，但音子是注入了自身的感情来看这幅画的照片的。

年轻的中村彝将情人描绘得丰满而有力，画作色彩也偏重红色，具有雷诺阿[2]的风格。他那广为人知的名画《爱罗先珂[3]像》，恬静地表现出盲人诗人的高雅与忧愁，虽然洋溢着虔敬之情，但色彩却温和清丽。而这幅绝笔的《老母像》，色彩比以前的画作更幽暗冷峻，画法也变得简朴。老母亲枯瘦得连胸脯都瘪凹下去了，她侧坐在椅子上，背景是墙，超过半面墙壁是木嵌板。在老母亲面部的前方，墙壁上被剜掉了一块，那里面摆放着水罐；老母亲

---

1 中村彝（1887—1924），日本西洋画画家，受到伦勃朗和雷诺阿的影响。作品有《爱罗先珂像》《老母像》等。
2 雷诺阿（1841—1919），法国画家，印象派成员之一。作品色彩丰富鲜明，以女性裸体画见长，如《红磨坊街的舞女》《浴女》等。
3 爱罗先珂（1890—1952），生于乌克兰，盲人诗人，童话作家。作品充满人道主义风格。著有《天明前之歌》《最后的叹息》等。

头部后方的墙上挂着寒暑计。寒暑计是原本挂在那里的，还是画家为作画挂上去的，不消说，音子毫不知情，但这寒暑计，连同老母亲轻轻叠放在膝上的手指间耷拉下来的念珠，却给音子留下了深刻的印象。不知何故，这幅画令人感到仿佛象征着先于母亲逝去的画家临死前的心境。当然，画作本身就是如此。

音子从壁橱中取出中村彝的画集，将那幅《老母像》与自己母亲的肖像对比观察。音子把母亲画得年轻，不是老母亲的肖像。母亲是先去世的，而且这画也不是音子的绝笔。死亡的阴影没有逼近音子母亲的肖像。再者，虽然西洋画与日本画截然不同，但音子把《老母像》的照片版放在眼前，方感悟到自己画的母亲肖像颇显浮浅，她闭上了双眼。她在闭合的眼睑上又用力，更紧地闭合了双眼。她脸上的血色仿佛在消退下去。

音子一心想对已故的母亲撒娇，她是怀着如此的心情来描绘母亲面容的。那时她光考虑着要画得年轻、美丽。这好像是音子的祈求，但假设中村彝的《老母像》中也含有临死的画家的祈求，那么，音子的画作则是多么浮浅，多么矫情啊！音子的生命本身不就是如此吗？

音子的画不是直接写生的。是母亲死后，她照着照片描绘而成的。那画里的人比照片里的人更年轻、更美丽。音子曾一边描绘着母亲，一边照着镜子观看自己与母亲相像的面庞。这么一来，画得矫情而漂亮是理所当然的吧，可即便如此，母亲的肖像画上难道就不能寓有深沉的灵魂了吗？

提起照片，音子还想起自从来到京都起，母亲就没有拍过自己一人的照片。当画报决定刊登音子的照片时，从东京杂志社出差来的摄影师希望也拍一张母女合影，但母亲却为了避之而逃之夭夭了。音子如今才第一次意识到：那不正是母亲悲哀的表示吗？母亲像个见不得人的人忍辱避世一样，带着女儿移居京都，断绝了与东京亲朋好友几乎全部的联系。音子也并非没有羞于见人之念，可她来京都时不过才十七岁，所以有着别于母亲的孤独和厌世。尽管她与大木的爱受到了伤害，但她却继续保持着那份爱，这也是与母亲所不同的。

音子一边考虑着必须重画母亲，一边凝望着母亲的肖像画，以及中村彝的《老母像》。

桂子出门去与太一郎相会，音子感到她仿佛是离开自己而远走高飞了。音子似乎难以抑制心中的不安。

桂子今天早上没有说出口头禅"报仇"这个词。虽然说是讨厌男人，但那是不能信以为真的。她以昨晚吃得太迟这个牵强附会的理由，连早饭也等不及吃便出去了，由此来看，她已背叛了初衷。桂子会把大木的儿子怎么样呢？两人会如何发展呢？二十四年间，自己一直怀着对大木的爱而存活下来，现在如何是好呢？音子似乎坐不住了。

音子没能制止住桂子去与太一郎相会,她想追在桂子后面,自己也见见太一郎,这或许能阻止什么危险发生吧?然而,他们二人在哪里见面呢?太一郎在哪里下榻呢?音子没从桂子那里听说过。

湖水

桂子一到木屋町的"阿总屋",就见太一郎已换上准备外出的西装,来到凉台上了。

"早上好!休息得好吗?"桂子靠近太一郎,倚在凉台的护栏上,"你在等我吗?"

"一大早就醒了。听到河流的水声,受它吸引,就起床过来了。"太一郎说,"我看到东山的日出啦。"

"那么早……"

"嗯。可是,山靠得太近,不属地道的日出景色呀。随着太阳的上升,只是东山的翠绿变得明亮起来,鸭川的水流在朝阳的映照下闪闪发光……"

"您一直看着这些?"

"还观望了对岸镇子上的人起来活动,觉得挺有情致哩!"

"没能睡好吧?睡不惯这家旅馆吗?"接着,桂子喃喃自语似的说,"没能睡好吗?假如是我的缘故,我倒挺高兴的……"

"……"

"你不肯说是因为我？"

"是因为桂子小姐哟。"

"是被我催促，才不情愿这么说的吧？"

"不过，桂子小姐睡得很好吧。"太一郎看着桂子的眼睛。

桂子摇了摇头，说："不。"

"是酣睡后的眼睛嘛！像点了灯似的闪闪发光……"

"那是因为心中点亮了灯呀！是因为太一郎先生哟。即使一两夜不睡觉，眼中也饱含喜悦啊。"

桂子那熠熠生辉的眼睛温柔水灵，就这样一直盯着太一郎。太一郎握住了桂子的手。

"你的手好凉。"桂子低声细语。

"你的手热乎乎哟！"太一郎说着，好像要依次一根一根握住似的探摸着桂子的手指，其娇柔温润直沁心脾。那手指纤细得不像是人手，在太一郎的手中仿佛要融化掉似的。这不是轻而易举地就能咬断吗？太一郎想衔住桂子的手指。他似乎感到从这根手指里传来了少女的纤弱。随后桂子转过脸去，从侧面显露的漂亮耳朵和细长的颈项，便近在太一郎眼前了。

"你用如此纤细的手指作画吗？"太一郎将桂子的手举高到嘴边。桂子望着自己的那只手，眼睛湿润了。

"桂子小姐，你悲伤吗？"

"是高兴呀，喜极而泣……今天清晨，太一郎先生无论抚摸我哪里，我似乎都会流泪的。"

"……"

"我发觉好像我的什么结束了。"

"是什么？……"

"你问这种事，不怀好意呀！"

"不是结束了，而是开始啊！一件事的结束，不就是另一件事的开始吗？"

"不过，结束了的就是结束了的，开始的就是开始的……这是两码事。女人这么认为，便会新生出另一个女人。"

尽管太一郎似乎要把桂子搂抱过来，可他摸弄着桂子手指的手部力量反而松懈了。桂子柔顺地向太一郎凭靠过去。太一郎抓紧了凉台上的栏杆。

下面的河滩传来尖厉的狗吠声。好像是附近店里的一名中年妇女牵着的小猎狗，碰到大秋田犬后就站在那里狂吠。秋田犬几乎头都没转。看模样那牵着秋田犬的小伙子是小餐馆的厨子。中年妇女蹲下来抱起了小猎狗。小猎狗在女人的臂膀中还挣扎着狂吠不已。女人一背向秋田犬，小猎狗就好像朝太一郎和桂子狂吠似的。中年妇女按着小猎狗的头，并抬头朝凉台这边和蔼地笑了笑。

"真讨厌，一大早就被狗对着叫，是个倒霉的日子呀。我是最讨厌狗的啦。"说着，桂子躲在了太一郎的身后。

狗已经不叫了，但她仍那么躲着，并将手轻轻地搭在太一郎的肩上。

"太一郎先生，与桂子会面高兴吗？"

"高兴啊。"

"是像我这么高兴一样地高兴吗……不会像我这么高兴吧？"

"……"太一郎根本没想到桂子会口出纯粹女人味的措辞，可随着桂子的话语，他感到年轻姑娘的清馨气息触及到了脖颈。桂子的胸脯似乎在贴向太一郎的后背。这不是紧压过来的，但是两人的胸与背之间没有间隙，传透着娇柔的暄暖。桂子已经是自己的了——这种感觉在太一郎的体内蔓延开来。她不再是奇怪的姑娘，也不是捉摸不透的姑娘了。

"我是多么想和太一郎先生相会，你不理解吧！假如我不到北镰仓去，我认为我们就不能相会。"桂子说道，"我们能有今天，真不可思议呀！"

"是不可思议啊！"

"我所说的不可思议，是指我每天每天都思念着太一郎先生，所以对这次久别重逢，竟油然生出一直朝暮相处似的感觉，这真是不可思议。太一郎先生都把我忘了吧。决定要来京都了，才偶然想起我，对吧？"

"桂子小姐会说这种话，才不可思议呢！"

"是吗？你偶尔也会想起我吗？"

"想起桂子小姐，对我来说是多少伴些痛苦的。"

"啊！为什么……"

"想起桂子小姐，就会想到你的老师吧！那也会想起我母亲年轻时的痛苦吧。我那时还不大懂事，可家父的小说却写得很详细。小说也叙述了母亲怀抱还是婴孩的我，徘徊在黑夜的街道上，有时饭碗会从手中掉落下来而哭得呼天抢地。大概哄抱的方式不对，母亲出了家门口后，婴孩的我仍哭个不停，哭声传得很远。母亲连婴孩的哭声也听不见。据说母亲的耳朵聋了，牙根也活动了。母亲当时才二十三四岁啊！然而……"太一郎开始吞吞吐吐起来了，"然而，家父写上野小姐的小说，至今仍在销售着。若认为讽刺也真够讽刺的，那本小说多年来的稿酬，也成了我们一家生活费的补贴，成了我的学费补贴，成了妹妹结婚费用的补贴哩。"

"这不是很好吗？"

"时至今日，再纠结这些也无济于事，但一琢磨起来倒觉得挺可笑的。那部小说把母亲描写成丑陋的嫉妒狂，作为儿子，我是厌恶的。而且呀，还印成了小开本的文库版，直到今天，每次再版，出版社都会送来印数合同书，印五千，印一万，盖章的都是我母亲。如今母亲已经步入中年，为了再版描写自己丑态的这部小说，她也能兴致勃勃地砰砰砰盖着印章。"

"……"

"然而，对母亲来说，也许那已是过去了的暴风雨吧！因为家庭也已平静了……作为那部小说作者的妻子，世间本应蔑视母亲的，但偏偏相反，她却好像受到了尊重，可笑吧？"

"她可是大木先生的太太哟！"

"不过，你的老师不是如今仍活在那部小说中吗？也不结婚……"

"是啊！"

"真不知家父和家母是怎么考虑这些的呀。日常中好像已经忘掉上野音子这个人了吧。时而想到我也分享过那部小说的版税，就感到十分纠结。以牺牲十六七岁的少女的一生为代价……桂子小姐也说过，想拿我为上野老师报仇……"

"别说啦！好了嘛。我已经报过仇了。"桂子把脸颊贴在太一郎的颈上说，"我是我嘛。"

"……"

太一郎转过身来，抱住了桂子的肩膀。

桂子低声私语道：

"上野老师对我说：'别再回来了。'"

"为什么呢……"

"因为我告诉她我来见太一郎先生啦。"

"你说了？"

"说啦。"

"……"

"老师对我说：'你别去了。'说是假如还是要来，就可以不必再回去了……"

太一郎把手从桂子的肩膀上松开了。他无意中看到，对岸公路上来往的车子增多了。东山的色彩也有了变化，显现出了绿色的浓淡。

"我不该那么说吗？"桂子窥探似的盯着太一郎紧绷着的脸，问道。

"不，"太一郎语塞片刻，接着说，"我总觉得，这好像变成向上野老师，做出为家母报仇的行动了，对吗？"

太一郎如此说着，便从凉台回到房间。

"为你母亲报仇……做梦也不曾想到啊。你说的真是不可思议。"桂子紧追太一郎跟了进来。

"我们出去吧。不，桂子小姐最好还是回去。"

"真是的，你好冷酷！"

"这次是我这个作为儿子的出来，替代家父搅乱了上野老师的生活。"

"我在昨天晚上，说了些报仇之类的话，是我不好啊。对不起！"

太一郎在旅店前拦下一辆出租车，桂子便钻了进去，他好像觉得这是理所当然的事，但车子穿街走巷直到嵯峨二尊院，这么长时间他却默不作声。

"可以把车窗打开到最大吗？"桂子仅仅问过这一句

话，而后也缄口不言了。只是，她把自己的手捂在太一郎放在膝头的手上，摇动着食指。桂子的那只手略微潮湿，十分滑润，但没到出汗的那种程度。

二尊院的正门据说是于庆长十八年[1]由当时的豪族角仓氏从伏见桃山城迁移到此地的。那格局具有一座城门的气派。

"看阳光，今天也会是个大热天吧。"桂子说，"我是头一次进入到二尊院里面……"

"我稍微查阅过藤原定家的资料……"太一郎一边登上门前的石阶，一面回过头去看桂子的脚下。桂子的和服下摆正轻捷地摆动着。

"定家肯定在小仓山山麓住过，但那叫作时雨亭的山庄遗迹却有三处，哪个是真迹呢，似乎搞不明白啦。在这二尊院的后山，隔壁的常寂光寺，以及厌离庵……"

"厌离庵，我以前跟老师去过。"

"是吗？那座尼姑庵中，甚至还有说是定家写《小仓百人一首》时，磨墨用过的水井呢。"

"我不记得啦。"

"那口井叫作'柳水'，是名泉哩。"

"真用过那口井里的水吗？"

"定家是被推崇为和歌之神的大人物，所以人们便会

---

[1] 庆长十八年，即1613年。

编造出各种各样的传说吧。特别是在室町时代,定家被奉为和歌之神,文学之神。"

"定家的坟墓也在二尊院的山上吗?"

"不在。定家的坟墓在相国寺。厌离庵里有座小塔,传说那是定家的骨灰墓……"

"……"

太一郎觉察到桂子几乎不知道藤原定家的有关情况。

车子方才通过广泽池时,太一郎望见映在对岸水中的神姿优美的松山,感受到根植于嵯峨野的千年历史与文学,竟作为风景而存活了下来。小仓山也从池岸显露出来。它在岚山的前面,山势低缓。

太一郎受山野景致诱发出的怀古情思,因为桂子伴随在侧,仿佛更加洋溢着温润鲜活的氛围。太一郎强烈地感觉到,这才算到了京都。

然而,桂子说今天早上是与音子争执后出来的,太一郎似乎把这姑娘的刚烈性子柔化到美景中去了吧?意识到这一点的太一郎,看了看桂子。

"干吗呀!这么怪里怪气地看着我……"桂子眯起眼睛,伸出手来。太一郎轻轻触摸了那只手,说:

"真不可思议呀,与桂子小姐漫步在这种地方……这里是什么地方呢?"

"是哪里呢?这个人是谁呢?"桂子握住太一郎的手指,挠了挠他的指甲,说,"我不知道啊!"

正门里边宽阔的参拜大道上，洒落着浓密的松树树荫。大道两边是挺拔的红松。松树之间还有枫树。松树枝端的阴影也静卧在地面上，只浮动在步行的桂子的脸庞上及其白色和服上。枫树枝条低垂着，有的几乎要碰到人头。

这条大道的尽头是石阶，当见到那上面的土墙时，传来了流水声。他们拾级而上，沿着土墙向左转弯。但见水流从那土墙的墙根淌落下来。有一扇像是隔断了土墙的门。

"一个人也没有啊。"桂子站在石阶上方的门前说。

"作为闻名的寺院，来的人寥寥无几，这倒是不可思议的。"太一郎也止住了脚步。

小仓山展现在眼前。铜屋顶的正殿沉稳安静，显得十分谦恭。

"左边那棵树好看吧。那是棵古细叶冬青，据说是整个西山的名树哩！"太一郎靠近了树边。细叶冬青的老树干疙疙瘩瘩，枝桠节疤繁多，可从根部到梢顶，却绿叶茂盛。那条条枝桠虽短，却刚劲有力。

"我喜欢这棵古树，所以记得十分清楚，有好几年没这么细看了。"

太一郎只说了古细叶冬青，而关于悬挂在正殿的"小仓山"和"二尊院"的御笔匾额，以及关于二尊院名称的由来，却没做任何说明。

返回到弁天堂的右边，太一郎仰望着高高的石阶，说道："桂子小姐，你能登上去吗？穿着和服……"

桂子朱唇微启,露出美丽的皓齿,摇头说道:

"登不上去啊!"

"……"

"你拉着我的手,要不你背着我。"

"慢慢登吧!"

"是在这上面吗?"

"是的。实隆的墓,就在这石阶的尽头。"

"为了看那座坟墓,太一郎先生才来到京都的。并不是为见我才来的。"

"是呀,确实如此。"太一郎握住桂子的手,又放开了,"我一个人登上去就来,你在下面等着。"

"我能登上去呀。这种石阶不算什么,我要让你明白……就是登上小仓山的顶峰,回不来也没关系哟。"说罢,桂子牵起太一郎的手,开始上石阶。

看样子这石阶没大有人走过,从那苍老的一阶一阶的石头下端,生出了青草与蕨类植物。脚边时而会有绽放的小黄花。他们登到了路边排列着墓碑的地方。

"是这里吧?"桂子问道。

"不,还要往上。"太一郎口中答道,却走进了路边的墓地,"这三座都是很精美的石塔吧。它们也叫作三帝陵,作为杰出的石造艺术而闻名于世。前面的宝箧印塔也好,当中的五层石塔也好,造型实在太美啦!"

桂子也颔首相应,注目凝望。

"时代的沧桑附着在石头上……"

"是镰仓时代的吗?"桂子问道。

"是啊,是镰仓时代吧。对面的那座十层的石塔,好像是南北朝的。有人说本来是十三层,可上面的那截已经没有啦。"

石塔那典雅优美的高贵气势,不消说,与桂子的绘画情致也息息相通了。桂子仿佛忘记了,在这里他们仍然是手牵着手的。

"这一带,有很多二条啦、鹰司啦、三条啦等官宦的坟墓,角仓了以[1]与伊藤仁斋[2]的坟墓也都在这里,但像这种名作的石塔,却仅有三帝陵。"太一郎说。

从那里再向上登到石阶的尽头,有座名为开山庙的小佛堂。佛堂中,仅仅矗立着刻有复兴二尊院的湛空上人的业绩的石碑,颇为稀奇。

然而,太一郎连佛堂瞟都不瞟一眼,径自向排列在庙堂右侧的墓碑那边走去。

"就是这个哟。这是三条西家的墓。右端是实隆的。上面写着'前内大臣实隆公'吧。"

桂子一看,仅有齐膝高的小坟墓旁边,附加了一块刻

---

[1] 角仓了以(1554—1614),日本安土桃山时代至江户时代初期的富商、土木工程事业家。致力于大堰川、富士川等河川交通的开发。

[2] 伊藤仁斋(1627—1705),日本汉学家、哲学家、教育家。他主张道德标准和追求幸福的活动都应以理性为基础,不应根据任何人的独断。他所著《语孟字义》(1683)是对孔孟语录的评注,从中可见他的思想轮廓。

有实隆名字的石块。相邻的坟墓，也立着一块细长的石标，上面刻着"前右大臣公条公"。靠它的左侧，可见刻着"前内大臣实枝公"的字样。

"内大臣也罢，右大臣也罢，这等人物的坟墓都这般简陋吗？"桂子说。

"是的。我喜欢简朴的坟墓。"

倘若不添加刻着名字与官衔的石标，那则与仇野的念佛寺无主墓群的墓碑毫无二致。这些墓碑生满苔藓，苍旧斑驳，受泥土掩拂，被时光埋没，形状似有若无。这些墓碑沉默不语。正因为沉默不语，所以太一郎才蹲下来，仿佛要倾听那些墓碑中遥远而微弱的声音。因为握着的手被牵拉，所以桂子也蹲下身来。

"这是很让人感到亲切的坟墓哟！"太一郎用启发桂子的方式说，"我正在研究这位实隆的事迹。实隆活到八十三岁高寿，从二十岁到八十一岁的六十一年间，全都写下了日记，这成了东山文化的重要史料。此外，在实隆亲属的公卿日记、连歌大师的日记等中，也常出现实隆的名字。在实隆那个时代，就是说在乱世之中，也保持着文化的传统与勃兴，所以我一钻研进去就着迷了。"

"这是因为你正在研究，所以才眷恋这座坟墓吧。"

"可能是吧。"

"研究好几年了？"

"三年，不，大概有四五年了。"

"太一郎先生的灵感,是因这座坟墓冒出来的吗?"

"灵感?啊,灵感……"太一郎在自问似的说着,桂子突然把胸脯向他的膝盖上倾倒过来。太一郎身子摇晃了一下。桂子的双臂抱住了他的脖子。

"在太一郎先生珍重的墓前……嗯?"

"……"

"对我来说,也成了令人眷恋的坟墓……成了有珍贵回忆的坟墓……太一郎先生的心被这座坟墓呼唤着。这不是坟墓啊!"

"这不是坟墓吗?"太一郎恍惚地重复桂子的话,"坟墓一旦经过几百年,也就不再是坟墓了……"

"你在说什么呢?我听不见啊。"

"石造的坟墓,也确实会有失去作为坟墓的寿命之时呀。"

"听不见呀!"

"耳朵靠得太近了……"太一郎将嘴唇凑上近在眼前的耳朵。

"不,不要,好痒啊!"桂子直摇头。

"……"

"你的呼气灌进我耳朵里,直发痒。真坏!"桂子将眸子转向眼角,往高处斜瞥着太一郎的脸。桂子将脸颊斜靠在太一郎的胸膛上。

"我讨厌吹女人耳朵的人。"

"我绝不会吹的呀!"

太一郎莞尔而笑,好像他刚刚发觉自己正搂抱着桂子的后背。桂子在他手臂上的感觉增强了。膝头上桂子的分量变得沉重起来。然而,那种感觉也是轻松温柔的。

因为桂子突然将胸脯倾倚向蹲着的太一郎的膝上,所以太一郎的姿势一直很别扭。为了不仰倒,他时而脚尖用力,时而还要反向脚跟用力。这些动作他都是下意识做的。

桂子的手臂环绕着太一郎的脖子,袖子自然滑落到了胳膊肘那儿。光润柔滑的肌肤,像吸附在脖子上似的使太一郎感到一阵清凉,这也标志着太一郎回过神来了。

"你说我吹了美人的耳朵?"太一郎觉得自己的呼吸可能粗乱了吧,便平静了一下情绪,说道。

"我的耳朵怕风。"桂子喃喃细语。

桂子的那只耳朵引诱着太一郎。太一郎用指尖捏住了它。桂子就这么眯着眼睛,也不晃动脸蛋儿,所以太一郎便赏玩起她的耳朵来。

"真像一朵珍奇的花朵呀。"

"是吗?"

"听见什么了吗?"

"听见啦,那是……"

"那是什么……"

"是什么呢?好像是蜜蜂落在花朵上的声音吧……不是蜜蜂,也许是蝴蝶哩。"

"因为我正轻轻触摸着你的耳朵呢。"

"你喜欢摸女人的耳朵吗?"

"嗯?"太一郎的手指停住了。

"喜欢吗?"桂子用同样温柔的声音细语般地说。

"因为我从没见过啊,这么漂亮的耳朵……"太一郎勉勉强强说出了这句话。

"我喜欢为别人掏耳朵。奇怪吧?"桂子说,"因为喜欢,所以掏得好。回头我给你掏吧?"

"……"

"怎么一丝风也没有啊。"

"这是个没有风吹,充满阳光的世界呢。"

"是呀。这样的日子,从清晨就在古墓前抱着我,值得追忆啊!古墓造就出追忆,不可思议呀!"

"坟墓就是为了追忆才建造的呀!"

"太一郎先生的追忆肯定是短暂的,很快便会消失得一干二净。"随后,桂子将一只手撑在太一郎的膝盖上,想站起来。

"好难受!"

"为什么认为我的追忆很快便会消失呢?"

"这种姿势很难受呀。"桂子像要挪离身子,太一郎却将她搂抱了过来。他用嘴唇轻轻地触碰了她的嘴唇。

"不要,不要,不,我讨厌动口。"

太一郎对桂子的厉声拒绝感到震惊。然而,大概桂子是为了藏起嘴唇吧,将脸严严实实地贴在了太一郎的胸口上。太一郎仿佛在抚摸她的头发,当手伸到她额头时,便试图将桂子的脸庞从胸口拨开,而桂子的脸庞却与之抵拒。

"痛啊!你这样按住我的眼睛,直冒火星啦。"桂子的脸庞没能抵住太一郎的手劲。

桂子仍闭着双眼。

"按到了哪边的眼睛?"

"右边的。"

"还痛吗?"

"痛啊!眼泪流出来没有……"

太一郎查看桂子的右眼,可眼睑上并没留下手指划过的红印。太一郎的脸不由得斜侧过去,嘴唇贴在了桂子的右眼睑上。

"啊!"桂子虽然发出了微细的声音,但好像没有抵触。

太一郎的两唇之间,感触到了桂子长长的睫毛。

太一郎像碰到可怕之物似的缩回了嘴唇。

"眼睛没关系?但是嘴巴不行……"

"啊,你真坏,我不知道啊!这话中又有什么坏主意。"桂子好像要推倒太一郎似的顶了一下他的前胸,顺势站起身来。她的白色手提包掉落在地。太一郎捡起手提包,一边起身一边说道:

"这手提包好大啊。"

"是的。里面装着泳衣来着。"

"泳衣……"

"你不是跟我约好到琵琶湖去的吗?"

"……"

"右边的眼睛模模糊糊,看不见东西啦!"

桂子从太一郎递过来的手提包中取出镜子,照着眼睛说:

"倒是没有发红哩。"

接着,她用手指轻轻地揉了揉右眼睑。当桂子发觉太一郎一直在看着她时,双颊倏然浮出了红晕,将饱含羞涩的妖艳双眸低垂了下来。她用手指轻轻触碰了一下太一郎的衬衫。那上面淡淡地印上了桂子的口红。

"怎么办呢?"太一郎拉起桂子的手说。

"你说怎么办?擦不掉呀。"

"不,不是说这个,把外衣的纽扣都扣起来就遮住啦。我是说现在该怎么办呢?"

"现在……"桂子歪着她那漂亮的脖子,说,"不知道啊!我已经不知所措啦。"

"我们下午去琵琶湖,好吗?"

"现在几点钟了?"

"九点四十五。"

"还那么早……看树叶跟正当午似的……"桂子环视了周围的树木,"岚山就在近旁,夏天的岚山都有人去吧。可为什么谁都不到这里来呢?"

"即使来到二尊院,或许也很少有人爬到这里来吧!"

太一郎用着这佯装不知的措辞,感到心境空闲下来,便用手绢擦了擦脸上冒出的汗。

"跟我去看看时雨亭的遗迹吗?说是那遗迹有三处,我无意考察哪里是真的,而且这二尊院的也不曾去看看。以前我也登上过这里两三次,只看了看那块路标……"

时雨亭遗迹的路标木牌位于后山麓。

"还要再往上登吗?"桂子仰望着山上说,"好嘞,即使要到山顶我也登上去。如果走路不方便,我就打赤脚。"

在拨开树丛才能上去的小路上,太一郎听到桂子的和服被树枝刮擦的声音,他回过头,抓住了桂子的手。

不一会儿,出现了两条岔路。

"往哪边走呢?好像是左边吧。"太一郎说道。但那条往左边的路,与其说是顺着山腰走,倒不如说是穿行于悬崖上,太一郎踌躇了。

"好危险呀!"

"吓死人了!"桂子用双臂紧紧搂住太一郎的右膀。

"穿草鞋的话,好像要滑落下去的。喂,还是往右边走吧。"

"往右边……还不知道时雨亭在右边还是在左边呢……右边的路好像是上山的嘞。"

接着,他们进入了树丛掩映的小路。太一郎就这么被桂子的手臂温柔地拉着走,少顷,桂子停下脚步说:

"你就让我穿着和服,在这种树丛中走吗?"

在遮掩两人的矮树对面,耸立着高高的三棵松树。从松树之间能看到北山,隐约可见沉卧在那座山下面的街镇一隅。

"那是什么地方?"太一郎正要抬手去指,桂子已经靠过来了。

"不知道。"

太一郎打了个趔趄,迎合着桂子缓缓倒下,他就势坐了下来。

桂子被太一郎抱着,用右手理了理凌乱的和服下摆。

太一郎的嘴唇贴近桂子的眼睛,桂子闭合了眼睑。他把嘴唇从桂子的眼睛移向嘴唇,桂子没有避开。然而,那嘴唇就那么紧闭着,根本没有张启。

太一郎探摸着桂子纯真无邪的脖颈,感受着其肌肤的细嫩,那手正趁势滑进衣领里面去。

"不要,不要。"桂子的双手抓住了太一郎的手。三只手就这样重叠在一起,太一郎将手掌从桂子的和服上端移到了她胸前隆起处。桂子的手将那只太一郎的手从右胸移到左胸。随后,她双目微开,眯着眼看着太一郎。

"右边不行的。我讨厌。"

"嗯?"太一郎不明就里,顿时松解了放在桂子左胸上的手。桂子仍然细眯着眼睛,说:

"右边的,我,会难过。"

"会难过……"

"是的。"

"为什么……"

"为什么呢,我也不知道呀。因为,右边没有心脏吧!"说罢,桂子羞怯似的合上眼睑,挪动左胸将身子靠向太一郎的胸前。

"女孩子嘛,也许都有某个部位的缺陷吧。那缺陷之处消失的过程,好像令人也觉得悲哀。"

"……"

太一郎当然想不到桂子在江岛旅馆,不让太一郎的父亲触碰她的左乳。太一郎更无从知道,如今与那时相反,对儿子太一郎,桂子则只允许他摸左边,而藏住了右边。而对说出女孩子身上总有缺陷的桂子,他则感到一种怜爱的刺激。

然而,太一郎从桂子方才的话语中,听出了以前桂子的胸部让男人抚摸过的明证。不过,这也反倒更加诱惑太一郎。太一郎用手掌稍微加力满把抓住桂子的头发,吻了她。桂子的额头与脖颈上,顿时冒出汗来。

两人走过角仓家的坟墓前,下了山,便去了祗王寺。从那儿折回头,悠然漫步至岚山。

他们在"吉兆"餐馆吃了午餐。

"让您久等了,您的车子来了。"女侍者来通报。

"啊?"太一郎几乎要叫出声来,他看了看桂子的表情。他这才意识到，刚才见她起身去化妆间时，桂子就已结了账，连车子都托店里预订好了。

当车子靠近京都街区的二条城一带时，桂子突然说：

"没想到这么早就能去啊！"

"去哪里？"

"讨厌！真糊涂，不是说好的去琵琶湖吗？"

"……"

车子向东寺的高塔那边驶去，但见七条的京都车站在右侧一闪而过，随后又驶过了东寺前面。这是条南环路。有段时间可见公路下面的鸭川，但一派荒凉，毫无鸭川应有的风情。司机指着公路前方的山，说：

"这应该是牛尾山，写作牛尾巴的牛尾。"

车子驶过那座牛尾山的左边，又越过了东山的南面。

向左边俯视，可见广阔的湖面。

"是琵琶湖啊！"对这妇孺皆知的事儿，桂子却极为兴奋，"终于带你来啦！终于……"

太一郎没在意桂子的叫喊声，倒被湖面上那么多的帆船、汽艇和游船吸引住了。

车子驶下公路，进入大津的古镇。从琵琶湖展望台附近向左转，过了汽艇竞赛场，穿过海边大津的街道，开进了琵琶湖旅馆的林荫道。林荫道的两端停泊着成排的私家车。

桂子在上车时和乘上车之后，都没告诉过司机目的地，从这点来看，想必在"吉兆"订车时便已说好到琵琶湖旅馆了吧，太一郎对此惊愕不已。

旅馆的侍者过来迎接，替他们开门，太一郎也只得进去。

桂子不看太一郎的脸色，径自去了前台，爽直地说："是岚山的'吉兆'代订的，名叫大木……"

"是，是，知道了。"客房管理员说，"入住一天，对吧？"

桂子没有首肯。她仍沉默不语，向后退了退。这当然是在催促太一郎在旅客卡上签名。太一郎心里根本没有机会考虑是否使用化名，而且桂子早已说过了"名叫大木"，所以就写上了真实姓名，填上了北镰仓的真实住址。随后，他在自己名字下面的桂子那条栏目上，只写了"桂子"两字。填入"桂子"两字后，太一郎多少松了口气。

拿着房间钥匙的侍者，站立在电梯旁边等候着二人上电梯。其实连电梯也无需使用，房间就在二楼。

"这房间挺好的……"桂子说。

这是套间房，里面是卧室，外面的房间一面朝湖，另一面可眺望与京都交界的山峦。或许旅馆为了与桃山风格的山墙建筑相吻合，房间的窗户外边围上了红色的栏杆。墙壁和窗户等的裙板也好，玻璃门窗的粗边框和格棂也好，都略显古风，显得沉静稳重。宽阔的观景窗几乎占据了整个墙面。

当即，侍女端上了热腾腾的日本茶，然后便出去了。

桂子站在朝着湖水的宽阔窗户前，就那么双手握着白色网眼花边窗帘的一端，头也不回一下。

太一郎坐在长椅的正当中，望着就那么站着的桂子的背影。桂子穿的虽然不是昨天的和服，但腰带还是彩虹图案的那条，与昨天到伊丹机场来迎接他时相同。

桂子背影的左侧是湖面。成群的帆船扬起的风帆都朝着同一方向。风帆的颜色白的居多，也有红的、蓝的和紫的。汽艇掀起水雾，拖着水花的尾巴，各自朝着自己的方向疾驰。

汽艇的引擎声，旅馆游泳池中的喧闹声，以及庭园中割草机的噪音等皆向窗口传来。房间里响着冷气机的送风声。

太一郎沉默良久，似在等待桂子开口。

"桂子小姐，这茶……"太一郎说着，自己端起了桌上的茶盅。

桂子摇了摇头，说道：

"你为什么也不对我说句话？为什么一直沉默不语？你太残酷了，太残酷了。"

接着，她摇晃着窗帘，好像身子也在摇晃似的，继续说道：

"你不觉得这景色很美吗？"

"很美哟！但我认为桂子小姐的背影更美！桂子小姐的脖子啦，桂子小姐的腰带啦……"

"你还记得吗？在二尊院的后山，靠在太一郎先生膝上的那个。"

"你问记着吗……不就是刚才的事……"

"不过，你肯定在生我的气吧，肯定很吃惊吧，肯定很失望吧！我明白啊。"

"说是吃惊，倒是真吃惊。"

"我自己都为自己感到惊讶。女人拼起命来，是挺可怕的。"桂子压低声音说，"因为挺可怕的，所以就不再靠过来吧。"

太一郎起身走上前去。他把手搭在了桂子的肩膀上。受这只手的轻柔诱导，桂子顺从地来到了长椅边，挨着太一郎坐下来。她低垂目光，没看太一郎一眼。

"请给我茶喝。"她悄声说道。太一郎拿起茶盅，端近桂子的面前。

"用嘴……"

太一郎犹豫了一下，便将温热的茶水含在口中，一点一点注入桂子的唇间。闭眼仰首的桂子，只是用嘴唇吸进，用喉咙咽下，手也罢脚也罢，身体的其他任何部位都纹丝不动。

"还要……"她仍然一动不动，说道。太一郎又含了口茶，嘴对嘴地喂她。

"啊，真好喝！"桂子睁开眼，"现在，即使死了也值得啊。茶里有毒该多好……已经不行啦。我已经不行啦。

太一郎先生也不行啦！不行啦！"

"你身子转向那边。"桂子一边说着，一边将太一郎的肩膀转了半圈，将脸贴在他的臂膀后面。桂子依然身子不动，就这样用手温柔地搂住太一郎，并去探触太一郎的手。太一郎拿起桂子的一只手，从小指头开始，依次一根根抚摸起手指来，并着迷地看着。

"对不起！我有点恍惚，没意识到……"桂子说，"你洗个澡会好些的。我去放洗澡水吧？"

"也好。"

"只要用淋浴冲一冲就行……"

"我身上有汗臭吗？"

"我喜欢呀。这么好闻的气味，我有生以来第一次闻到哩！"

"……"

"不过，你还是想冲得清清爽爽的吧？"

桂子站起身来，消失在卧室里，太一郎听到从那里面传来放洗澡水的声音。

当太一郎正在观望着游艇向旅馆的岸边靠近的时候，桂子调好洗澡水的温度后回来了。

太一郎把在嵯峨汗流浃背的身体，打上肥皂彻底冲洗干净了。

想不到有人敲浴室的门，难道是桂子要进来吗？太一郎不由得缩起了身子。

"太一郎先生,你的电话。是打给你的电话,请出来……"

"电话?找我?不会吧。哪里来的……是打错了吧,肯定。"

"你的电话!"桂子只是这样喊着。

"怪事!谁也不知道我在这里的。"

"不过,确实是打给太一郎先生的……"

太一郎还没擦好身子,就披上浴衣走出浴室。

"我的电话?……"他满脸惊讶的神情。

在两张床的枕头之间,有台电话机。太一郎正往那里靠近时,桂子叫道:

"是在这边的房间。"

电视机旁边的小桌上,放着已经脱离台座的话筒。在太一郎拿起话筒移向耳边时,桂子说:

"是北镰仓府上打来的。"

"啊?"太一郎脸色骤变。

"怎么回事,又……"

"那头是令堂。"

"……"

"是我打过去的。"桂子的声音紧张生硬,继续说,"我说我现在正与太一郎先生在琵琶湖旅馆里。还说了'他已同意与我结婚'。又说了'想得到您的应允'。"

太一郎紧张得喘不过气来,只是死死盯着桂子的脸。

刚才桂子的话语，不消说，母亲都听到了。太一郎进入浴室时，关上了卧室的门，又关上了浴室的门，再加上水声，没能听见桂子打电话的声音。把太一郎赶进浴室，是桂子的谋略吧？

"太一郎，太一郎，太一郎在吗？"太一郎紧紧握住的话筒中，传出了母亲的呼唤声。

桂子被太一郎死死盯着，她的眼睛眨也不眨地回盯过去，那目光冷峻美丽，仿佛要刺透太一郎似的。

"太一郎，太一郎不在吗？"

"我是太一郎，妈妈。"太一郎把话筒贴在耳朵上。

"太一郎，是太一郎吧？"母亲明知故问，随后那压低的声音顿时高亢起来。

"不可以……太一郎，你要和她分手！"

"……"

"那个人，是个什么样的女孩子，你是知道的呀。你应该知道的哟，嗯？"

"……"

桂子从后面抱住了太一郎的胸膛，她一边用脸颊顶开贴在太一郎耳朵上的话筒，一边用嘴唇遮挡住太一郎的耳道。

"母亲大人……"桂子像呼唤似的说过后，接着说，"母亲大人，桂子为什么给您打电话，您明白吗？"

"太一郎，是你在接听吗？是谁在接听电话？"母亲说。

"是我呀！"

太一郎躲避开了桂子的嘴唇，把听筒紧紧贴压在耳朵上。

"这算什么？真不知耻，太一郎明明在那里，自己却抢先接电话……是她让你打的电话吗？"母亲连珠炮似的说道，"太一郎，你立刻回来。现在就立刻离开旅馆回家……那个人正在偷听吧？被她听见也没关系，让她听听倒也好。太一郎，只有那个人，你是不能娶的啊！她这人太可怕啦！我一清二楚，不会错的呀。请你不要让我受二茬罪，把我逼疯。这次我已经彻底要死掉啦。这可不是仅仅因为那个人是上野音子小姐的女弟子哟！"

尽管脖子被桂子的嘴唇贴着，但太一郎仍听着母亲的话。桂子在太一郎耳朵后面细声说道：

"倘若不是上野老师的弟子，我就不能遇见太一郎先生呀！"

"因为那个人是有毒的，我一直怀疑那个人是否也诱惑过你爸爸。"母亲继续说道。

"嗯？"太一郎发出电话里几乎听不到的细声，欲回过头看看桂子。将嘴唇贴在太一郎脖子上的桂子的脸庞，随着太一郎脖子的回转而移动。太一郎油然觉得一边让桂子亲吻，一边接听母亲的电话，简直是对母亲严重的侮辱。然而，自己当然不能挂断电话。

"回镰仓，再细谈。"

"对，请你立刻回来。你绝不会和那个人做了错事吧？你绝不会打算在那里过夜吧？"

"……"

"太一郎！"母亲叫道，"太一郎，你看看那个人的眼睛。你考虑考虑那个人说的话吧。上野音子小姐的弟子，说是想与太一郎结婚……你想想这是怎么一回事？你不认为这是妖女的诡计吗？也许那个人平时并不是妖女，但面对我们一家人时，就变成妖女啦。妈妈是明白这一点的。这绝不是我的无端猜想呀！我对太一郎的这次京都之行，是有不祥预感的。果然，那个人就是这种魔怪啊！连你爸爸也说此事怪异，神色大变啦！太一郎，你如果不回来，现在我就和你爸爸乘飞机去京都。"

"知道了。"

"知道什么啦？"接着，母亲像要核实似的问道，"是回来吧？是真的回来吧？"

"哎！"

桂子转过身，躲进里面的卧室，立刻关上了门。

太一郎一动不动地站在窗边，眺望着湖水。大概是在游览吧，一架小型飞机斜掠过水面，向远方飞去。在众多汽艇中，也有的将船头从水面高高抬起，一跳一跳地疾驶着。也有拖着水上滑板做滑水运动的。滑板上载着女人。

从游泳池传来了人语声。窗下的草地上，躺着三位身着泳装的年轻女子。她们选择这种地方，好像就是为了让旅客能从房间看到那些大胆的姿势吧？

"太一郎先生，太一郎先生。"桂子在卧室中呼喊道。太一郎打开门，见桂子已穿上了白色的泳装。太一郎惊愕得倒吸一口凉气，移开了视线。泳装的白色毛线材质似乎看不出来了，桂子略带浅褐色的肌肤细腻光亮。

"美景啊！"桂子朝窗口走去，泳装将桂子的背脊完全裸露出来，她接着说，"山峦上面的天空漂亮吧！"

犹如用金色毛刷猛力刷过一般的发光线条，并排立在山际的天空。

"是叡山吧？"太一郎说。

"是叡山呀。因为它像刺透我们命运的长矛，所以才喊你来的。与令堂通了电话，怎么样？……"桂子回头面向太一郎，"我想请令堂到这里来哪，还有令尊也……"

"你说些什么？！"

"真的呀，我是实话实说嘛！"

桂子猛地向太一郎倚靠过去。

"请你过来一下。我要到水里去。想到凉冰冰的水中去。这个，是约定好的吧。还有乘坐汽艇，也是约定好的吧。这不是去伊丹机场接你时，就约定好的吗？"桂子像要倒下去似的紧紧贴靠住太一郎，"你回去吗？令堂来个电话，你就要回镰仓去啦？那会走岔道的呀。因为二老肯定会来这里的……令尊可能不愿意来，但会被令堂强拉过来的呀。"

"桂子小姐，你曾诱惑过家父吗？"

"诱惑……"桂子将脸贴在太一郎的胸口，摇晃着说，"我，诱惑太一郎先生了吗？诱惑了吗？"

太一郎的手臂环抱着桂子裸露的后背。

"不是我，我是说家父呀。不要岔开话题……"

"太一郎先生，你才不要岔开话题……我在问你呀，我诱惑过太一郎先生吗？太一郎先生仅仅认为只是受了我的诱惑吗？"

"……"

"竟然向自己怀抱中的女孩询问诱惑过父亲吗，天底下有这样的男人吗？又有遭遇这般悲哀的女孩子吗？"桂子哭了，"太一郎先生希望我如何回答呢？我，在湖中溺死算了……"

趁握着桂子颤抖的肩头的当儿，太一郎的手触碰到泳装的肩带，便把它拽了下来。一侧的乳峰半露出来了。另一侧的肩带也脱落下来了。桂子挺起赤裸的胸脯踉跄了一下。

"不要，右边的不行。饶了我，别动右边的……"

桂子紧闭着流泪的双眼不停地说道。

桂子用大浴巾围住前胸后背，从浴室出来了。太一郎也与她一起从前厅侧门，下到了庭园。眼前一棵高大的树上开着像芙蓉的白花。太一郎仍着西装,仅仅是没穿西服上衣,没打领带。

来到朝向湖水的庭园,就见左边与右边都有游泳池。右边的在草坪中,里面有不少小孩子。左边的游泳池在草坪尽头,建造得比地面略高。

来到左边游泳池的栅栏入口,太一郎停下了。

"不进去吗?"

"不了,我等你。"太一郎不好意思与身材惹眼的桂子做伴,所以踌躇了。

"是吗?我只想将身子稍微沾沾水来着。今年头一次下水,所以想先试试还能不能游好。"桂子说。

湖边草坪,交错种植着垂柳与垂樱。

太一郎坐在一棵老朴树树荫下的长椅上,凝望着泳池那边。他没看到桂子,可稍过片刻,发现桂子站在了跳水台上。虽然跳水台不高,但在摆出预备姿势的桂子后面,就是琵琶湖的水面,隔水相望的是远山。桂子俊俏的身姿浮现出来了。远山烟霭缭绕。水色渐渐浓暗的湖面,仿佛开始漂荡出似有若无的淡淡粉红色。帆船的风帆也终于现出了夕照尽染的沉静色彩。桂子腾身跳下,水沫飞溅起来。

从游泳池出来的桂子,租了艘汽艇来邀太一郎。

"已经快傍晚了,明天再乘汽艇怎么样?"太一郎说。

"明天……你是说明天?"桂子目光炯炯,"你愿陪我待到明天吗？你真打算留下来……明天……谁知道什么样啊！对吧？哦，仅请你恪守一个诺言……一到那边，立即折返回来。就那么一小会儿工夫，我想与太一郎先生一道离开陆地，浮在水面上。我想劈开命运的浪涛，一往直前，漂荡在水波上。明天总是会逃走的啊。就今天吧？"

桂子拽住太一郎的手，继续劝道：

"还有那么多船呢，帆船啦汽艇啦不都在那里吗？"

近三个小时后。

从收音机的新闻报道中听到了琵琶湖汽艇出事故的报道后，上野音子驱车飞奔到旅馆，那时桂子已被放到床上躺着了。

音子还从收音机的新闻中，得知桂子已被帆船救上来了。音子边走进卧室，边向看护桂子的女侍者询问：

"还没醒过来吗？还在沉睡着吗？怎么样了？"

"是的。注射了镇静剂，正在熟睡。"

"用镇静剂……那么说，已经得救啦？"

"是的。医生说已经不必担心了。被帆船运送上岸时，她真像已经死了，但让她吐出水，做了人工呼吸，就醒过来了。她呼喊着同伴的名字，发疯似的乱闹……"

"那个同伴怎么样了？"

"还没找到。正在仔细搜寻。"

"还没有找到……"音子以颤抖的声音自语道。她返

回到朝着湖面的窗户附近眺望，但见从旅馆一直向左方，那夜色中的辽阔湖面上，亮着灯的汽艇正匆忙向四面八方巡游搜索着。

"除了旅馆的小船，附近的汽艇也全都出动了。警察局的船也出动了。岸上还点燃了篝火吧！"女侍者说，"看样子是救不回来了，可是……"

音子握住了窗帘。

也有挂着成串红色灯饰的游览船，不顾搜救汽艇群急切的忽闪灯光，悠然向旅馆岸边靠近。还能看到对岸有焰火腾升起来。

音子意识到自己双膝在发抖，继而从肩膀到胸部竟然也跟着颤抖起来了。游览船上的装饰灯在眼中晃晃荡荡，自己的身体也仿佛跟着在摇动。她站稳脚跟转过身来。卧室的门敞开着。当桂子的床映入眼帘时，音子好像不记得自己进入那间卧室又出来的过程，又急匆匆地折回到了桂子枕边。

桂子平静地熟睡着。鼻息安稳了。

音子反而觉得有些不安，说：

"就这样让她睡着不要紧吗？"

"不要紧的。"女侍者点了点头，说道。

"什么时候能醒过来呢？"

"这我就不知道了。"

音子伸手摸了摸桂子的前额，稍微发凉的肌肤湿漉漉的，似乎要吸附住音子的手掌。桂子的脸色苍白，可两颊微显红晕。

被水浸泡过的头发只是被慌乱地擦拭过一下吧，就那样散摊在枕头上。那头发乌黑，好像还是潮湿的。整齐的皓齿从唇间露了出来。两臂直伸，被毛毯盖着。桂子是仰面而睡的，她那纯洁无邪、天真烂漫的睡容打动了音子的心。那睡容仿佛是在向音子告别，也仿佛是向生命告别。

音子欲伸手晃醒桂子时，传来了隔壁房间的敲门声。

"来喽！"女侍者开门去了。

大木年雄与妻子文子走进了房间。大木与音子的目光一交会，就止步站住了。

"是上野，上野小姐吧？"文子说，"是你吧？"

音子与文子是首次见面。

"指使害死太一郎的，是你吧？"文子的声音平静得似乎毫无感情。

音子仅仅动了动嘴唇，没有言语，她将一只手支在桂子的床上，撑着身子。文子靠近过来。音子像避让似的缩起肩膀。

文子双手搭在桂子的胸口上，一边摇晃，一边呼喊："你起来，你起来呀！"文子的手越摇越猛烈，连桂子的头都晃荡起来。

"你还不起来？你还不起来吗？"

"她是被注射了药物才睡下的……"音子说，"所以不会醒来呀。"

"我有话要问她这个人,这可事关我儿子的生命。"文子仍想把桂子晃醒。

"等会儿再说吧。很多人在帮着搜寻太一郎啊。"大木说罢,紧紧抱住文子的肩膀,走出了房间。

音子痛苦地喘息着,倒在床上,凝视着桂子的睡容。桂子的眼角流落出泪珠。

"桂子!"

桂子睁开了眼睛。她双眸浮现出闪闪的泪光,仰望着音子。

图书在版编目（CIP）数据

美丽与哀愁：插图版 /（日）川端康成著；叶宗敏译. -- 成都：四川人民出版社，2023.1（2023.3 重印）
（雪国・舞姬：川端康成经典名作集）
ISBN 978-7-220-12816-5

Ⅰ.①美… Ⅱ.①川…②叶… Ⅲ.①长篇小说—日本—现代 Ⅳ.① I313.45
中国版本图书馆 CIP 数据核字 (2022) 第 177063 号

MEILI YU AICHOU
美丽与哀愁

著　　者	［日］川端康成
译　　者	叶宗敏
筹划出版	后浪出版咨询(北京)有限责任公司
出版统筹	吴兴元
编辑统筹	尚　飞
特约编辑	梁子嫣　陈怡萍
责任编辑	蒋科兰
装帧制造	墨白空间・Yichen
出版发行	四川人民出版社（成都三色路 238 号）
网　　址	http://www.scpph.com
E - mail	scrmcbs@sina.com
印　　刷	天津图文方嘉印刷有限公司
成品尺寸	130mm × 185mm
印　　张	8.25
字　　数	154 千
版　　次	2023 年 1 月第 1 版
印　　次	2023 年 3 月第 2 次
书　　号	978-7-220-12816-5
定　　价	248.00 元（全五册）

投诉信箱：copyright@hinabook.com　　fawu@hinabook.com
未经许可，不得以任何方式复制或者抄袭本书部分或全部内容
本书若有印、装质量问题，请与本公司联系调换，电话 010-64072833